AF602760

RUYSCH

HISTOIRE HOLLANDAISE DU XVIIe SIÈCLE

PRÉCÉDÉE

D'UNE EXCURSION EN HOLLANDE

PAR

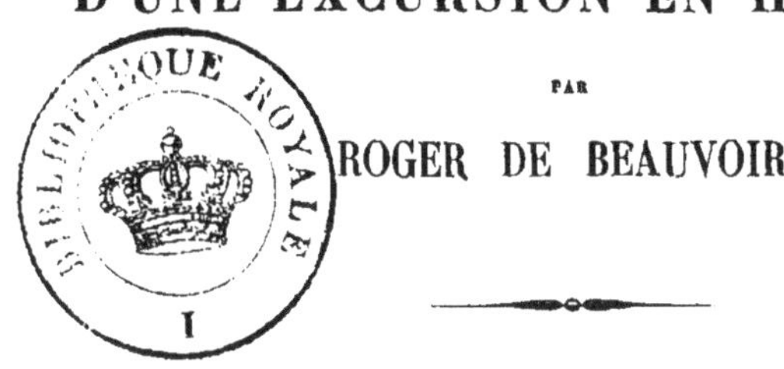

ROGER DE BEAUVOIR.

LA HOLLANDE.

EXCURSIONS EN BARQUE ET A PIED.

AMSTERDAM. — LA HAYE. — BRÉDA. — SAARDAM. — HAARLEM. — HOORN, GOUDA, BROEK, ETC.

Il existe un pays que la porcelaine, plus encore que la tradition, a mis à la portée de tout le monde, que les confiseurs moulent en sucre, et que l'Opéra-Comique vient de refondre en couplets; un pays grotesque et sérieux à la fois, où les maisons, quand le vent souffle, forment à elles seules un harmonica de clochettes, où la pantoufle d'une femme est un supplice, et la perspective, en fait de dessin, une superfluité. Là toutes les lignes sont en effet confondues, brouillées follement et comme à plaisir; les toits vous saluent, les balcons dansent, les ponts eux-mêmes grimpent en fusées sur les rivières et les monts de laque bleue. Ce pays, où je ne sache pas que beaucoup voyagent, se trouve partout, tant il a voyagé lui-même, comme une molle oasis détachée de ses rives, depuis les missionnaires qui nous l'ont apporté les premiers, dans un pan de leur robe noire, jusqu'à madame de Pompadour qui lui a donné asile dans tous les boudoirs de Versailles. Les marchands de thé nous le transmettent plus cher et plus verni que jamais. Le père Alexandre de Rhodes, jésuite, au sommaire de ses quatre Voyages en Orient, nous raconte de ce pays les plus belles conversations et les plus belles choses. Les mandarins y sont lettrés et les empereurs polis. Tout ce qu'un peuple enfant peut avoir de grâce et de badinage dans l'idée, de parfum naïf et d'indolence spirituelle, compose le génie de ce peuple. Ce peuple, on le voit par les seules *Lettres édifiantes*, n'en était pas moins destiné à recevoir un jour la parole sainte au bord du fleuve Jaune, comme une belle tribu d'Arabes, assise sur les grands sables. Il pouvait aussi se lever, au besoin, comme un seul homme pour la guerre, devenir grand au milieu de sa nature naine, apprendre de lui-même le secret de sa force et rester son maître, au milieu de ses futilités et de ses pagodes, pareil à ce Persan prêt à combattre et lisant encore le *Livre des Roses* du poète Saadi.

Pourquoi donc n'est-il demeuré pour nous qu'un peuple de jouets et de chats bleus, un petit monstre mignon, digne au plus, mesdames, de vous faire du thé dans ses petites tasses, ou d'étendre sur vous son ombrelle de feuilles peintes? Pourquoi ne lui avoir pas tenu compte de sa constante immobilité, de sa noblesse de castes, de son imprimerie et de son commerce? Beaucoup savent-ils le nom de l'impérial ouvrier qui, trois cent trois ans avant Jésus-Christ, éleva cette fameuse muraille passée et repassée tour à tour par les fils de Genghiz-Khan et les Tartares? Orgueilleux et blasés que nous sommes, à peine consentons-nous à nous occuper des autres ! L'aspect bariolé de ce grand royaume de Chine l'a calomnié de siècle en siècle ; on a comparé son manteau impérial à un long carnet d'étoffes ; ses petits chevaux, ses vers à soie et ses mandarins ont fait rire. Un peuple dont on rit, n'est-ce pas un peuple jugé ?

A ceux qui ne consultent que la première impression du site, la Hollande, il faut l'avouer, offre un parallèle inévitable avec la Chine. Dussions-nous être irrévérens envers Grotius et le grand pensionnaire de With, nous proclamons cette vérité. Les fréquentes relations des Hollandais avec la Chine, leur besoin d'échanges, leur sympathie même de commerce et d'habitudes, tout, jusqu'à leur sol à fleur d'eau, dont la figure se rapproche de ces jardins flottans de Nankin, construits avec des radeaux de bambous, devait influer nécessairement sur l'aspect extérieur de cette contrée. Imaginez seulement entre ces deux peuples une grande différence d'études. Le premier s'est arrêté à l'épiderme de sa nature, et n'a vu, pour ainsi dire, que son écorce ; il a jeté imprudemment au dehors toutes ses richesses, il a doré ses robes d'empereurs et les portes hautes de ses villes ; il a tendu de soie ses marchés et mis des grelots de perles à ses boutiques : sa vie folle, extérieure, avait besoin de soleil. La fée arabe, celle des *Mille et une Nuits*, prodigue d'amulettes, d'ananas et de colliers, a dirigé l'élan de ce peuple ; elle a jeté dans son tablier d'enfant les balles sonnantes, les pipes d'opium, les lanternes et les miroirs. Ce peuple, on le voit, a donc laissé couler sa vie au grand jour, mollement couché dans sa jonque, aux brises de ses beaux fleuves, laissant à ses femmes le soin du chanvre et du mûrier, et se renfermant lui-même avec complaisance dans sa lente et magnifique industrie. Admirable par l'éclat de ses couleurs, il n'a jamais eu de vrais peintres ; ses doigts de sybarite tracent encore de petites fleurs sur la gaze. C'est un peuple vieux, par cela seul qu'il s'est arrêté lui-même dans sa croissance, un acteur grotesque et puéril qui se serre le pied depuis mille ans pour être joli.

L'autre peuple, après avoir triomphé lui-même courageusement de son terrain, s'est mis à le peindre aussi, comme le premier. A son exemple, il a bariolé ses fabriques, ses digues et ses rames. Cet amour de l'or et de la soie qui perdit Tyr, il l'a ressenti comme le premier ; mais, plus intérieur ou plus avare, il s'est renfermé avec ses richesses, comme l'alchimiste de Rembrandt; à peine l'a-t-on vu de temps à autre émailler la poupe de ses flottes et se répandre en prodigalités de princes; car une fois engagé dans cette lutte du sol contre l'Océan, il a compris qu'il fallait amasser pour vaincre, réserver pour soutenir. A force d'habileté et de patience, il en est venu à se faire un très opulent et très redouté seigneur, fort de grandes possessions coloniales, d'un honneur sévère et incontesté. Son seul point de contact avec la Chine consiste à se montrer encore curieux du *coquet* et du *joli;* tant les natures les plus robustes ont besoin du contraste des petites choses. Au milieu de cette âpreté de lignes dont s'enveloppe sa brumeuse physionomie, on est donc en droit de s'étonner qu'il ait du fard; à voir ses hommes musculeux, on ne peut croire à ce grand amour de maisonnettes peintes et de joujoux. Ce point de contact avec le royaume de Canton vous paraît encore plus saillant lorsque vous quittez la Flandre. La Flandre, cette belle reine à la chape gothique, vous jette un long regard de tristesse, comme pour vous reprocher votre abandon. Qu'allez-vous faire, bon Dieu! dans ce pays de collections japonaises, où tous les moulins ressemblent à ceux du signor della Manca, où les namaquas et les majors chinois de Batavia sont sous des cloches de verre. Ce marquisat d'Anvers, qui s'étend majestueux à votre droite, semble vous crier: « Arrêtez! » Adieu les monumens de la vieille foi catholique et espagnole! adieu les églises, les portiques et les chapelles! adieu ces prodiges anciens de Gand-la-Superbe, dont les catafalques pompeux sentent l'Espagne! adieu Ypres et Louvain, mariant leurs fleurs de pierre; Bruxelles grise et sombre, avec ses deux tours de Sainte-Gudule! Tout cela va faire place à ce culte aride et froid, ce culte vide et nu qu'on appelle la Réforme. Plus de ces clochetons d'ardoise, aux flèches moscovites; plus de ces cathédrales en marbre noir et blanc, aux confessionnaux de bois, ornés de statues d'apôtres. Vainement, hélas! et partout vous chercherez ces grandes nefs, ces pieux débris, ces archanges. Que Dieu vous protége, pèlerins ingrats qui nous quittez!

Au premier coup d'œil que vous jetez sur la Hollande, vous êtes forcé vous-même de convenir que ces Flamands jaloux qui vous crient: *Raca!* pourraient bien avoir raison. Vous faites dix lieues mortelles par les bruyères, sans trouver autre chose que de chétifs hameaux, des cabarets grisâtres et d'exécrables pataches, décorées du nom de calèches. La nature du pays, jusqu'à Bréda, se ressent encore du territoire brabançon: seulement aux lignes veloutées du paysage, aux couches fauves des sables, à cette lumière onduleuse et molle des fonds, vous pressentez les prairies de la Hollande. L'alignement exact des maisons de Bréda et leur couleur d'un rouge de brique donnent à cette ville l'aspect d'un vieux plan sale, froissé dans la poche d'un lansquenet. Depuis Groot-Zundert vous voilà déjà fait aux passeports et aux tambours. Groot-Zundert, c'est la dernière limite de la frontière, le *nec plus ultra* des priviléges du roi Léopold. Au milieu d'une lourde avant-garde néerlandaise, on est tout surpris de trouver des figures blondes et jeunes à ces douaniers militaires d'un nouveau genre, qui visitent vos malles en vous offrant des cigares. Ces élégans Bataves sont loin d'avoir conservé la tradition des bottes à chaudron, du tricorne et des épaisses moustaches qui distinguaient leurs aïeux, aux victoires d'Eekeren, près d'Anvers; d'Hachstel et de Gibraltar. Un visa de M. Lehon suffirait pour vous compromettre à leurs yeux. Je

Belgique n'ayant aucun droit, aucun pouvoir, à partir de ces fossés. Quant au soldat hollandais, proprement dit, il m'a semblé créé avec prédilection par la nature pour toutes les tribulations du port d'armes. J'en ai vu sur l'esplanade de La Haye, la jambe levée pendant cinq secondes, immobiles et résignés; la sueur perlait le front de ces patiens conscrits!

Nous avons fait d'avance nos adieux aux grands monumens des premiers siècles, hâtons-nous de dire que le seul et le plus beau fleuron gothique de la Hollande est à Bréda. Dans la chapelle de la Vierge, autrement nommée le chœur des seigneurs de Bréda, vous découvrez ce vénérable et saint monument des Nassau : c'est le mausolée en marbre blanc d'Engelbrecht II et de sa femme, Limburge de Baden. Henri, comte de Nassau et neveu du mort, fit ériger ce tombeau que la tradition, on ne sait pourquoi, attribue à Michel-Ange. Sans vouloir établir une controverse facile, au sujet du style de Michel-Ange, ce grand *tailleur de pierre*, nous devons dire que l'élégance et la finesse du ciseau combattent cette supposition. Ce chef-d'œuvre serait plutôt de l'école de Jean de Bologne. C'est, nous le répétons, le seul monument gothique de ce grand royaume des prairies et des canaux. Il projette l'ombre colossale de ses statues sur un pavé protestant, tout poudreux de craie et d'ordures. Il n'existe pas à notre sens, en Italie, un mausolée plus noble et plus beau. Cette mort vaniteuse et castillane s'est entourée elle-même de ses hochets et ses armures; son haume, ses gantelets, son épée, figurent pièce à pièce et taillés en marbre sur une table longue, que soutiennent quatre Atlas. Si le travail de cette armure est d'un incroyable fini, les quatre figures agenouillées du *genou droict* sont à elles seules des chefs-d'œuvre. Il n'y a pas, au reste, de parole humaine qui puisse dire la tristesse de cette église de Bréda (on la nomme la vieille église). Le culte protestant l'a bourgeoisement entourée, du côté du chœur, d'une grille de cuivre doré, luisante et polie comme la plaque d'un *taylor* de Londres. Son abandon misérable et sa profanation réelle font saigner le cœur. C'est une église blanche et nue, mal pavée par des tombes dont les armoiries sont en relief, et dont on a d'ailleurs fort souvent retourné les pierres. Les charmantes sculptures des chapelles qui entourent la nef ont beaucoup souffert; la plupart de ces Nassau priant sur leurs coussins de plâtre, et leur large épée traînant à terre, sont sans bras ni tête; les femmes, au grand voile de bandelettes blanches, ont été plus respectées. Les arabesques du chœur se ressentent encore de l'incurie habituelle aux protestans, fermiers profanes de ce temple; elles ne sont jamais lavées ou passées à l'éponge, ce qui est à coup sûr un grand oubli en Hollande. Ce sont, pour la plupart, des figurines moqueuses et satiriques, impudentes de naïveté et ressemblant à ce Manneken si dévergondé et si connu de Bruxelles. A l'occasion de ces bouffonnes sculptures, nous ferons observer que dès le seizième siècle, et au milieu même d'une époque fervente encore, il s'était introduit dans l'art une sorte de protestantisme obscur; les artistes semblaient prendre à tâche de contrarier les idées mystiques. Ils faisaient tout au rebours des moines et des abbés qui les payaient, et se vengeaient par une ironie mystérieuse de la domination exercée encore par le clergé. Des anges, des acanthes et des figures d'animaux, pareils à ceux de l'Apocalypse, font de ces stalles d'abbés un délicieux pendant à celles de Westminster.

A partir de là et à passer le seuil de ce temple, vous ne trouverez plus de statuettes ni de chapelles; c'est ce qui explique le profond mépris des antiquaires pour les édifices et les monumens de la Hollande. Le plus souvent, en effet, vous rencontrerez, à l'entrée des villes, une tour de forme carrée, munie d'une horloge à quatre cadrans, et coiffée, comme Sancho, d'un bonnet de magicien; cela va toujours ainsi, et en augmentant, jusqu'au fond de la West-Frise. La façade de ces tours est ordinairement décorée des anciennes armes de la ville; les lions de Hollande y sont peints ou sculptés de la manière la plus grotesque du monde, et toujours avec la devise : *Je maintiendrai.*

Presque toutes ces constructions portent le chiffre 1660. Ces barrières et ces portes manquent ordinairement d'aplomb; leur perspective mal assurée menace le voyageur au premier coup d'œil. Elles ont des carillons mélancoliques beaucoup moins enchanteurs que ceux d'Amsterdam, qui exécutent journellement les plus belles sonates de Léo et de Durante. Les églises de Hollande n'ont guère plus de style et de relief que les portes des villes; leur voûte consiste en charpentes grossières et lourdes; les pierres sont grises et sans nul effet; les clochers seuls ont quelque chose de svelte et d'étrange, vus à distance et avec leurs couronnes de fer et leurs bourrelets à jour sur un ciel pesant et grisâtre. En général, cette architecture hollandaise aux ordres mêlés, aux couleurs sales ou tranchantes, fatigue l'œil sans aucun profit pour l'ensemble; elle est disgracieuse et uniforme. Il semble, en vérité, que l'architecture de ce pays consiste en moulins, à voir leur inépuisable variété! Par les villes, par les canaux, le casque pointu de ces singuliers géans se fait jour, tantôt luisant et plat comme l'armet de Don Quichotte; ou bien corsé d'un chaume aussi fin qu'une cotte de mailles; d'autres fois, vous les voyez dorés à l'axe comme des navires, ornés de roseaux, peints en vert, avec des colonnes, des péristyles et des arabesques. Il y a des moulins royaux, des moulins d'enfans, des moulins de stathouder, des moulins de meuniers et des moulins de bourgmestres. Ces grandes ailes tournantes, au milieu de plaines vertes ou d'eaux blanchâtres, réveillent à elles seules, de leur sifflement aigu, ce vaste silence à peine troublé par le froissement de la barque contre les saules ou le mugissement des bœufs. La Hollande a revêtu sa robe nouvelle; l'herbe, qui depuis l'automne s'était cachée sous la glace, commence à lever ses têtes pointues au dessus de l'eau; cette plaine, qui était jadis un lac, déroule ses bords velus et recouvre sa couleur. La *schuyt* (1) glisse mollement sur l'eau, charmante et légère, avec son dôme semé d'écailles de moules, tiède encore de son atmosphère de tabac, et suivant le trot du *het jagertjen* qui fait lever pour elle le pont d'Harlingen, en détachant la corne de bœu suspendue à son épaule. Après les pêcheurs de Dordrecht, aux culottes de laine blanche, voici déjà venir les Frisones à fine dentelle, aux longues boucles d'oreilles, luisantes comme des reliquaires; leurs visages éclatent de l'incarnat hollandais de Metzu ou de Mieris. Ce paysage aux terrains de cendre, ces saules, ces frémissemens légers de l'eau, vous bercent malgré vous d'une indicible rêverie. Seul et couché, pour quelques *stuyvers* de plus dans l'intérieur de la barque, vous admirez ce long tableau de genre, souvent trop parfait et trop fini, toujours vaporeux et suave dans ses contours. C'est surtout au soir, et à la clarté tremblante de la lune,

(1) Barque avec laquelle on fait environ par heure un mille d'Allemagne.

que cette nature, doucement voilée, épand autour de vous son prestige de mystérieuse fraîcheur. Aux premiers rayons de l'astre limpide, les brouillards eux-mêmes se fendent comme un blanc réseau ; la ligne de ces chemins plats encadre la plaine aux huttes qui s'allument ; ses lointains sont mobiles et tachés d'ocre comme les fonds de Vanderneer ; c'est que la lune, on le voit, pèse encore sur sa couche de nuées. Peu à peu, l'harmonieuse tristesse de ce tableau s'est accrue, la lumière argente lentement ces grandes eaux, ces pavillons d'ardoises, ces voiles et ces beaux cygnes qui voyagent deux à deux sur la rivière de l'Yssel. Pour interrompre la monotonie du rêve, la route va crier au loin sous le poids de petites voitures rechampies d'or et d'argent comme les *caratelle* de Naples ; peut-être encore un enfant, conduisant ses trois chiens au galop, troublera, de ses coups de fouet, votre solitude. Je ne puis dire si cette solitude est du bonheur ; mais c'est, à coup sûr, l'anéantissement de toute pensée.

La première maison hollandaise ou chinoise que nous aperçûmes était à Dordrecht ; nous venions de passer ce fleuve sale et triste du Moërdeick, aux flots moutonnans, si bien reproduits dans les tableaux de Backhuysen. En vérité, jusque-là, vous auriez trouvé, comme nous, le pays bien plus anglais que chinois, à voir ces petites briques sur lesquelles on roule comme sur les chemins macadamisés de Londres, les jolis terrains verts, peuplés de vaches et de chevaux ; les barrières, les enseignes peintes. L'entrée de Dordrecht même, ce port animé et commerçant, avec ses jalousies peintes, et ses femmes cachées par les pots de fleurs de leurs fenêtres, nous avaient plutôt rappelé Plymouth aux frais prospects, au sable fin et doré. Nous venions de constater, au *Lion-d'Or*, un vin détestable et une superbe horloge en carton, puis encore un tableau représentant la trop célèbre inondation de 1421, qui détacha cette ville du Brabant, en submergeant soixante-douze villages.

Les trois fenêtres de l'auberge donnaient sur la Meuse ; une jetée raide, avançant en forme d'estacade sur le fleuve, conduisait à cet horizon, ou plutôt à cette draperie de maisons originales. Entre toutes les autres, je distinguai, sur la gauche, celle dont je veux vous parler. Elle était flanquée d'un pavillon à écailles grises, orné, sur sa devanture, de soleils à rayon d'or ; les volets étaient semés d'oiseaux du dessin le plus baroque et le plus tourmenté. Pour la maison, sa façade était d'une couleur approchant assez de la lie de vin ; les fenêtres de marbre noir, le perron de granit vert ; en guise de girouette, elle portait quatre figures à cheval, que je présumai devoir être les quatre fils Aymon. Ainsi posée, et resserrée par la lisière du canal, elle n'en possédait pas moins un petit jardin d'abbé, avec des arbres peints en rouge et en blanc jusqu'à la hauteur des premières branches ; de petites allées et de petits dessins faits au râteau. Au milieu de compartimens d'un sable rouge et noir, l'œil distinguait d'énormes coquillages apposés en forme de roches, ou bien encore de grosses perles de verre de toutes couleurs, annexées comme des oranges, à l'aide d'un fil d'archal. Un yacht oblong, en forme de coco, yacht luisant et vermillonné, était amarré entre les roseaux du bord. Le silence du lieu était profond ; je me croyais vraiment sur le canal impérial de la Chine ; tout ce que les contes de fées ont de petit, les *festons* et les *astragales* de Boileau n'étaient rien auprès de cela... Les ifs, taillés en éteignoir, nous regardaient ; les bergers de plâtre peints, et les chiens, aux yeux d'émail, avaient l'air de nous narguer. Au lieu de mandarin que nous attendions, apparut bientôt une longue femme, raide, sèche et gothique, dont je ne pus voir que le visage et le bout des doigts ; elle était vêtue d'une belle étoffe à fleurs éclatantes ; sa coiffe consistait dans un madras empesé, monté sur un moule à cornes, dans le genre de ceux du temps de Charles VI ; elle avait en main un instrument singulier, une grosse seringue. Quelqu'un me dit que son costume était celui des femmes de Molqueren ; dans ce costume, elle n'avait ni hanches ni gorge, et ressemblait, à s'y méprendre, aux fées grotesques des contes de Perrault. Ayant mis bientôt sa seringue en jeu, elle lava le toit aux tuiles vernissées, concurremment avec une pluie très fine qui semblait l'aider dans cette fonction. L'arc-en-ciel qui parut alors, — un arc-en-ciel est rare en Hollande, — diaprait de tons étranges cette grande figure de mascarade; la dame agitait son balai peint en lilas avec des guirlandes, après avoir déposé sa seringue contre la sabottée de la maison. Je ne saurais peindre l'étonnement naïf dans lequel m'avait jeté cette contemplation curieuse. Rien au monde ne me parut jamais plus extravagant que cette femme si simple, et plus inoui que cette maison ! Chaque *trekschuiten* qui glissait sur l'eau avec sa hutte allongée et sa proue à filets jaunes, le son du cornet de poste annonçant le conducteur, le bruit des moulins et les clapemens de l'eau arrivant aux pilotis de la jetée, me distrayaient à grand'peine de ce spectacle ; je n'étais plus à Dordrecht, mais à Ho-Nan.

Cet aspect bâtard et contrefait des maisons s'efface bientôt devant la physionomie des villes. Entre toutes les autres, nous préciserons Amsterdam et La Haye, quittes à placer Rotterdam dans la demi-teinte. Amsterdam, à cette heure, est, sans nul doute, le plus beau centre du commerce et de l'opulence batave. La fameuse allégorie de Weynings sur la mort de J. de With représente merveilleusement Amsterdam. C'est le combat d'un cygne défendant contre un chien sept œufs, sur lesquels sont écrits les noms des sept Provinces-Unies. Depuis Weinings, le chien belge a renversé impunément cette corbeille d'œufs ; mais le cygne étend toujours sur Amsterdam ses ailes blessées et saignantes. Il couve ce qu'elle a encore d'industrie, de patriotisme et de souvenirs. Étrange ville que celle-ci, agitée par tant de secousses, hospitalière à tant de religions et de cultes, obscurément illustre, malgré ses hommes de génie, ses grands peintres et ses poètes, tout émue encore et toute froissée de ses dernières luttes, même après les victoires théâtrales de Louis XIV ! Ville immense, voilée, inconnue à l'égal d'une ville indienne, où tout ce qui marche a son but d'argent caché à tous, son projet et sa pensée ! ville où se sont réfugiées et les habitudes et la bourgeoisie de la Hollande, la foi chrétienne chancelante et le judaïsme à côté de la réforme ! ville paisible, heureuse, et dormant à l'ancre aujourd'hui comme son vaisseau, demain révoltée, la parole haute ; tumultueuse autant que Venise est triste, austere comme Rome et riche comme Londres, dont l'artillerie a tonné partout, jusque sur les mers du Nouveau-Monde, et à qui le nom de première bourgeoise de l'univers demeurera toujours concédé, à défaut de celui de république !

Composée de tant d'élémens divers, protestante, chrétienne et juive, même à cette époque d'apathie religieuse, comment Amsterdam ne serait-elle pas une ville unique, une expression spéciale et grande de l'Histoire et de la société hollandaise? Même avant 1806 et son roi Louis Napoléon, quelles vicissitudes n'a-t-elle point subies, quels n'ont point été ses ressentimens et ses colères ! Arrogante envers Louis XIV, le plus irascible des rois, elle publie de satiriques pamphlets contre ce prince, avec la folle témérité d'un mousquetaire écrivant contre l'État. Au milieu de ses défaites, elle trouve moyen de s'envelopper d'une mer nouvelle, ainsi que Leyde et ses alentours; elle amasse digues sur digues, navires sur navires; Ruyter, ce Turenne des armées navales de Hollande, s'illustre bien avant Russel en nous brûlant des vaisseaux. Ce temps de demi-lunes et de contrescarpes, où les historiographes eux-mêmes sont obligés de monter à cheval au grand soleil, et Fagon de suivre son maître à petites journées, est la plus belle période d'Amsterdam ; car Louis XIV rebrousse chemin à ses portes. Pendant que Boileau célèbre en vers durs la prise des villes de Flandre, le prince d'Orange, âgé de vingt-deux ans, jeune et enflammé comme un de ces héros des apothéoses de Jordaëns, venge de leurs défaites Utrecht et Gueldres; Amsterdam se trouve affranchie de la conquête. Elle reprend ses peintres, ses ouvriers, ses poètes. Ruysdaël et Berghem retracent ses jetées, ses bois épais et ses fleuves. Le vieux Rembrandt avait peint sa garde de nuit; Vanderhelst esquisse magnifiquement ses banquets de capitaines et de compagnies bourgeoises. Dans cette ville, et à cette époque, tout est pompeux, tout, jusqu'aux carrosses, de forme espagnole, dont le poids broie le pavé, et desquels ressortent de volumineuses perruques de baillis, celle entre autres de Grootenhuys, qui, par amitié pour le poète Vondel, veut bien ne le condamner qu'à une amende de 300 florins pour sa tragédie politique de *Palamède*. Ces grands bassins, à l'instar des docks anglais, vastes hangars de toutes les richesses du globe, regorgent de tous les trésors du Japon ; la chambre des bourgmestres fait sculpter elle même, avec beaucoup d'art, et à prix d'argent, les panneaux de son sénat et les manteaux de ses cheminées. A voir le yacht de *la ville*, aux rames dorées, aux rideaux de pourpre brodés aux armes d'Orange, encombré le soir de financiers, de peintres, de gens de guerre et de savans, vous diriez du Buccentaure en raccourci, tant ce monde doré, étincelant, se reflète avec grâce dans les fraîches eaux de l'Amstel, tant il y a de richesse et d'élégance dans ces Hollandais qui tiennent à prouver au roi de France qu'ils sont grands! Le nom de Louvois et l'édit de Nantes rembrunissent ces jours tranquilles; la Hollande se voit couverte d'exilés qui se partagent son sol avec l'Allemagne et l'Angleterre. Dès que ces protestans fugitifs ont battu en retraite en Hollande, la physionomie d'Amsterdam devient ridée, la ville est morose et triste. Croyez bien qu'elle conservera longtemps cette allure de quaker et de réformé, la ville autrefois joyeuse, la ville de Rembrandt Van Ryn ! Elle donne dans les discussions jansénistes, les controverses et les schismes; ce n'est pas assez pour elle d'avoir des synagogues au lieu de théâtres, de s'être faite ennuyeuse et prude, elle a recours encore à la petite église de ce bon M. d'Utrecht ! Amsterdam, en un clin d'œil, fourmille de diacres et d'églises. Les temples grecs, jansénistes, luthériens, anabaptistes, juifs et catholiques, forment les couleurs bigarrées de son écusson; les franciscains, les augustins et les carmélistes promènent leur soutanelle dans cette ville palpitante au seul nom de la bulle *Unigenitus !*

Il faut convenir que l'influence de ces grandes révolutions religieuses imprime aujourd'hui même à Amsterdam un caractère d'aridité et de tristesse; on n'y compte que par rues et par églises. Or, je ne sache rien au monde de plus déplorable et de plus lugubre que ces monumens du culte réformé. Les parois en sont humides et d'une viduité complète, et si la langue hollandaise paraît presque ridicule au théâtre par la redondance et la bouffissure que lui donnent les comédiens, elle l'est bien plus dans la bouche des *domines*, ou ministres du culte. Ces messieurs ne parlent pas, mais sifflent à la lettre leurs sermons sur un ton chantant qui reste le même d'un bout à l'autre; le plus souvent, l'assemblée écoute ces prédicateurs d'un sommeil unanime. Une grande chaire de bois sculpté, avec force lumière et petits triangles de bougies, compose tout l'appareil des grandes fêtes; les dames et demoiselles, protégées ou cachées par de lourdes grilles de cuivre, ont l'air de véritables béguines. Le ministre est ordinairement un homme de trente à quarante ans, vêtu de noir comme un huissier, portant de la poudre, une bague d'évêque et des manchettes. Quand nous arrivâmes à Amsterdam (c'était le troisième jour de la semaine sainte), les carrosses et les voitures sans roues nommées *slee*, ornées presque toutes de longs bidets maigres, à plumet rouge, formaient une file majestueuse devant l'église neuve, voisine du *Dam*, ancienne église paroissiale de Notre-Dame, et Sainte-Catherine, que la fureur des iconoclastes dépouilla d'une façon si désastreuse en 1578. L'entrée du Voorburgwal était obstruée de voiles, de mantelets et de guimpes. La magnifique chaire de ce temple, chef-d'œuvre de sculpture du célèbre Vinkenbrinck, rayonnait au feu des lustres; ses bas-reliefs de bois, et son dais orné d'acanthe, la faisaient ressembler à ces monumens d'ivoire que les Dieppois évident encore avec tant de patience. La balustrade de cet escalier seule, entrelacée de pampres, me paraît bien plus curieuse que le tombeau de l'amiral Ruyter, couché dans ses lourds habits de marin, tout au bout de cette église, dont, en raison de la semaine sainte, on faisait alors jouer les grandes et les petites orgues. Cette cérémonie, ou plutôt ce rit sans cérémonie, m'avait paru le plus triste de la terre. Le pasteur, ou prédicateur hollandais, prêchait en français ce soir-là. Il avait pris sans doute d'une gouvernante picarde ou genevoise les locutions les plus contraires à la langue; il disait *n'oser pas*, pour *ne pas pouvoir*, et *attendre* pour *sortir*; il promenait aussi ses consonnes finales à la manière des Suisses; tout cela d'un air benin, mielleux et pincé qui n'excluait pas certaines prétentions à l'éloquence de la chaire. Les femmes écoutaient ce discours d'un air ennuyé, beaucoup ne le comprenaient pas, les Anglaises surtout, adorables miss en chapeau de paille, à rubans démesurés! Le costume bleu et rouge des orphelines d'Amsterdam, et les belles robes bariolées de quelques paysannes de la Frise, tranchaient seuls sur ce grand conclave d'habits noirs; encore les orphelines et les paysannes se tenaient-elles modestement, ainsi que nous, à l'entour des grilles. Intérieurement, nous comparions cette foule triste à cette autre foule de Naples, si folle d'encens et d'*ex voto* à pareille heure, si étourdissante et si recueillie à la fois devant les rubans et les châsses de la madone de l'Arc. Là, du moins, les femmes n'avaient pas l'air gauche et benin, elles ne se suivaient pas deux à deux comme des pensionnaires; c'étaient de brunes vendangeuses d'Ischia, la corbeille de pampre sur la tête, avec leurs beaux velours dignes de Schnetz, leurs grands yeux noirs et leur tambour de basque dans la main droite. Ici, au contraire, nous avions l'air d'assister à quelque enterrement de juifs ou de frères moraves. Toutes ces pénitentes, Irlandaises ou Hollandaises, étaient droites, épinglées et raides comme lady Western de *Tom Jones !* Les plus jeunes ne laissaient passer de leurs cheveux que deux mèches, soyeuses et légères, il est vrai, mais retombant impitoyablement en tire-bouchons le long des joues, grâce à la gomme arabique qui les y retient collées. Malgré cet air d'apprêt, quelques unes étaient véritablement divines, *un paquet de lys et de roses*, comme disait Carmontelle. Les mamans et les vieilles femmes nous parurent coller de la même façon, contre leurs tempes, non pas des cheveux, mais des mèches de fil blanc qui leur donnaient un vrai visage de sorcières. Je n'ai jamais vu ni pratiqué le *ramadan*, mais je puis dire que cette entrée à Amsterdam dans la semaine sainte me parut des plus rigides.

La promenade du Plantage n'est pas plus gaie. Au mois de septembre, il existe à peine quelque vestige du mot de *kermesse* dans ce qu'on appelle la grande foire. Nous parcourûmes en calèche plusieurs quartiers, avant d'arriver à celui des Juifs. Le Keysersgragt, le Princesgragt et le Heermgragt, trois quais plantés de beaux ormes et bordés de maisons silencieuses, étonneraient à coup sûr un habitant de nos boulevarts. Ces quais sont déserts, on n'y voit personne aux fenêtres, quelques conducteurs de *slee* et des enterremens vous y barrent seuls le pas. Les maisons qui bordent ces trois quais offrent toute la perfection extérieure et intérieure des belles maisons de Hollande ; les arbres et le mouvement des canaux se reflètent dans leurs grandes vitres de glaces, leurs boutons de cuivre luisans et dorés appellent le gant blanc du gentleman. Les portes et traverses des fenêtres bronzées comme à Londres sont ordinairement surmontées de longs réverbères à filets d'or ; la lumière du gaz ruisselle au soir sur ces portes aussi polies que du laque. Les quais conservent encore, à heures dites, quelques unes de ces traditions vivantes en chair et en os, incrustées dans notre mémoire depuis les divines comédies de Molière. Ce sont, par exemple sur les quatre heures, des négocians de 1660 avec la perruque à marteau, la canne d'ivoire et l'habit à boutons d'acier, Gérontes vénérables que courtisent les neveux hollandais à bottes pointues d'après les gravures de mode en 1830. La nation juive a adopté pour costume ordinaire, à Amsterdam, la barbe classique d'un papa grec et de petits mollets d'usurier sous une immense redingote. Un type plus étrange c'est le prieur d'enterremens (*aanspreker*), homme noir avec un crêpe au chapeau, tombant plus bas qu'une plume de reitre sous Louis XIII. Ce personnage entièrement funèbre, depuis le tricorne jusqu'aux boucles d'acier, parcourt à toute heure la ville. Il a un rabat blanc et de longs papiers de même couleur ; ces papiers sont ses tablettes de mort sur lesquelles il couche les plus opulens comme les plus pauvres. Prenez-y garde ! cet homme que vous coudoyez, indifférent aujourd'hui, vous ne le verrez pas demain sans terreur ouvrir votre porte et vous apporter la *carte* de M. un tel... carte de dernière visite, semée de *requiescat* et d'os ! Cet *aanspreker* assiste à tout : l'été, son ombre noire se projette aux prés d'Harlem, il glisse près des fleurs et des jardins, les jeunes filles tremblent de le rencontrer entre les roseaux du lac ; dans le temps des glaces, il traverse l'Y et le Zuyderzée lui-même, avec ses patins rougis aux forges de Belzebuth !

Un autre costume plus attristant, à mon gré, que celui de l'homme des enterremens, est l'uniforme des enfans trouvés qu'Amsterdam élève à ses frais. Il consiste dans une petite veste noire avec un numéro imprimé sur toile blanche. Quant aux orphelins, ils sont mi-partie noir et rouge. Je laisse aux philanthropes le soin de réclamer contre le numéro insultant dont la ville a timbré ces pauvres enfans d'Amsterdam, presque tous sérieux et graves comme de petits grooms anglais, desquels ils se rapprochent par la coupe de leur veste. Il faut les voir un beau dimanche se promener lentement au Princesgragt, les mains dans les poches et plus proprement brossés que de coutume, avec leur nœud d'épaule rouge, blanc et noir qui les relève et ferait d'eux de petits princes hollandais du temps de Louis XIV, n'était ce maudit numéro ! Leur hôpital a, du reste, sa boulangerie et sa pharmacie. Les filles au petit bonnet blanc, semé d'épingles, aux longues mitaines jaunes et au tablier de simple toile, ont un air de simplicité heureuse qui vous enchante : j'en vis une belle et grande qui faisait des vers latins aussi bien que Jean Secundus. Elles sortent dotées de cette maison, mais cette dot est bien mince ; la plupart se font servantes, ce qui, en Hollande, est la plus terrible des conditions, car ce sont les femmes qui remplacent les hommes pour le gros ouvrage. D'autres fois vous les rencontrez deux à deux le long de l'Amstel, se dirigeant par la porte d'Utrecht pour voir les yachts de plaisance au beau pont *des Amoureux*. Ce pont des Amoureux est, en effet, une promenade bien adaptée à ce long fracas d'Amsterdam, et au retentissement confus de son pavé ; il repose et il enchante. La nuit venue, les deux bords de l'Amstel étendent leurs bras d'ombre comme deux grandes digues trouées d'étoiles scintillantes. Les vitres qui s'allument reflètent leurs gerbes dans les canaux ; les mâts se détachent encore sur le fond bleuâtre du ciel avec la finesse soyeuse de leurs cordages : c'est le seul endroit de la ville tumultueuse où devait se traîner, vers le soir, un homme au teint plombé, vieillard morose et pauvre, avec un habit râpé de commis, une nièce pour bâton, et pour compagnie un vieux livre. La nuit, et lorsque pleuraient tous les carillons d'Amsterdam, le chantre de *Lucifer* et des *Vierges*, Vondel le catholique allait écouter ces derniers bruits et ces murmures ; Vondel ne voyait pas une flamme de vaisseau venu des Grandes-Indes qui ne lui rappelât son fils ingrat et perdu, ce fils pour lequel il vendit tout, jusqu'à sa gloire, et qui le laissa mourir lentement dans sa pauvreté, pour qu'il ne fût pas dit que même en Hollande les poètes mouraient ailleurs qu'à l'hôpital.

VIR PHŒBO ET MUSIS GRATUS, VONDELIUS HIC EST !

La quantité des hospices égale celle des églises ; il est impossible de voir plus de fondations pieuses et belles. Amsterdam a l'hospice des vieilles femmes et celui des vieilles gens, l'hospice anglais, l'hospice luthérien, la cour aux Roses (Rozengracht), l'hospice des veuves indigentes, l'hospice de Saint-Lazare, celui de Saint-Pierre et celui des fous. Toute cette ville mystique, à part au milieu de la véritable ville, a ses lois et ses mœurs privées ; les fondations particulières ne sont pas en moins grand nombre. L'imagination la plus distraite se sent donc captivée à la seule vue d'Amsterdam, Amsterdam est la ville des bouleversemens politiques et des églises. Ce que la Hollande a de monumental et de curieux, sa bigarrure de cultes et ses couches diverses d'anciennes mœurs, tout cela est enfoui dans les murailles d'Amsterdam. Ces maisons d'Amsterdam ont servi parfois de retraite aux catholiques, ainsi que les antiques catacombes. Depuis la réforme de 1578, les catholiques se sont vus contraints d'y célébrer la messe dans leurs chambres et de chanter les matines à voix basse; de là vient sans doute la bizarrerie de noms qui les distingue. Celle-ci a pour nom *le cor de Postillon* (post hoorn), cette autre *le Perroquet* (papegaai). Si vous passez un matin par le Fluweelen Burgwal, montez dans une maison d'assez commune apparence, vous trouverez au troisième étage une petite chapelle ornée d'un crucifiement. C'est l'église *du Cerf* (het hert), nº 125, et l'on y dit la messe à dix heures et demie! Quelques unes s'appellent encore *l'Arbrisseau, la Colombe, le Polonais*. L'évêque de Haarlem officie souvent en habits pontificaux à la Cigogne (de Ooijevaar), pauvre église qui n'a qu'un tableau peint par Coët, *Siméon présentant Jésus au temple*. Si la nudité du culte protestant vous a paru singulière, en revanche, cet abandon et cette misère du culte catholique sont inexplicables. La première fois que je vis ces chambres qu'on nomme églises, je me crus dans ce cimetière de Paris qui ressemble à la vallée de Josaphat. Les églises grecques et russes, l'église arménienne et l'église polonaise sont étouffées et pressées dans le même quartier; elles sont tellement pauvres que l'évêque Châtel n'en voudrait point! Chez les Arméniens (au Boomsloot), vous trouvez au moins quelque apparence de richesse, de nobles et vrais efforts. Au dessus d'un *Agnus Dei* en marbre blanc, on peut lire cette inscription en langue arménienne :

« Moi, Arachiel, natif de la ville d'Amasie, fils de Paul Aracheleuz, natif d'Ispahan, j'ai fait raccommoder cette porte, agrandir ce vestibule, incruster de marbre le lambris et le pavé, et orner la voûte en stuc, en mémoire de feu mon père Paul et de ma mère encore vivante, l'an de grâce 1749. »

La grande synagogue juive à Amsterdam est certainement, avec celle de Livourne, la plus curieuse que puisse voir un artiste. L'établissement des Juifs dans cette ville de commerce date, selon le calendrier judaïque, de l'année 1595. C'est chose merveilleuse que ces marchands juifs devenus presque rois d'une ville marchande; partout ailleurs ils ont l'air de n'être pas chez eux : Florence et Rome les renferment dans les grilles du *Ghetto;* ici vous les trouvez à la Bourse et dans les boutiques ainsi que leur maître et modèle, le Juif errant. Vous souvient-il de la synagogue de Livourne? avez-vous frappé un samedi à une petite porte de la *strada Balbiana*, porte huileuse et lourde qui s'ouvre d'elle-même sur ses gonds comme le panneau d'un conte de fées? Êtes-vous entré dans ce temple où les assistans ont leur chapeau sur le front, dont la voûte bourdonne, et qui ressemble, au premier abord, à notre parquet de la Bourse? La salle est carrée, vaste et haute; elle est ornée de moulures à la Louis XV, de chiffres hébraïques, de versets de psaumes et de robinets ou les Juifs se purifient. Le jour d'Italie arrive à flots à ses vitres : il est à peine amorti par la soie de grands rideaux rouges. C'est un glapissement de voix étranges et confuses, des enfans, des Hébreux, des robes de Turc, des vieillards en veste, et des Arméniens de vingt ans couchés sur des tapis rouges. Au milieu de cette Italie de marbre qui a des saints de vermeil, des cathédrales semées de fresques, des bannières et des archanges aux ailes d'or, que vient faire ce culte qui s'en va pâle et branlant? Que veut cette religion de banque et de misère, parlant haut, agiotant et chantant depuis Shylok? Est-ce pour le vieil André d'Orgagna ou Murillo que posent ces hommes, la plupart rongés de faim et de vermine, dont les dents affamées mordent les bâtons de leur chaise? Un rabbin vêtu de noir fait la quête dans son grand sac de velours. Mon Dieu, qu'en Italie l'impression d'un tel spectacle est saisissante! Voilà un culte placé entre une malédiction divine et une éternité de vie, un temple païen sur un sol pétri d'églises, des gens qui vivent comme une exception morale sous le ciel florentin, honnis parmi les Italiens, et contraints de payer les brises qui leur viennent du golfe de Naples!

Presque tous, je vous l'avoue, avaient l'air morne et souffrant. Ce type juif, idéal de grâce et de beauté chez la femme, est pour l'homme un type de dépression et de souffrance. Peut-être l'ange chargé de punir a-t-il eu pitié des femmes!

Eh bien! ces mêmes hommes, si dépaysés en Italie, si chétifs, si méprisés, je les ai revus opulens et forts dans Amsterdam, ayant leurs ponts-levis, leur commerce, leurs droits politiques et leurs maisons respectées à l'égal des forteresses. C'est que dans Amsterdam un juif n'est pas moins qu'un catholique, que cette ville est morte à toute idée belliqueuse de ligue et de foi. Et d'ailleurs, le juif hollandais est riche, il trafique de ces mille brocantages obscurs qui font la joie de ce peuple enfant; le juif italien n'a que ses étoffes rongées de mites, ses livres d'hébreu et sa misère. J'ai vu à Amsterdam une assemblée de parnassins, vous eussiez dit un sénat de bourgmestres. Leur saleté était riche, leurs cachets de montre forts beaux, plusieurs avaient des onyx à leur jabot taché de tabac. Près de la grande entrée de la synagogue, vous apercevez une tribune où siége le *chacham* ou grand rabbin, les parnassins sont plus bas. Les bancs sont garnis de petites armoires où ils gardent sous clé leurs voiles et leurs bibles. Outre les lustres qui éclairent le soir la synagogue, il pend au plafond une lampe de verre allumée dans tous les temps, et qu'ils appellent la lumière perpétuelle. C'est dans la partie de l'orient qne se fait l'office, elle est séparée du reste de l'enceinte par une balustrade de bois d'acajou. Dans une grande armoire ornée de cinq cases, est placé le Pentateuque. Les Juifs ne s'approchent de ces livres sacrés de Moïse que le front découvert et les souliers ôtés! Ainsi qu'à Livourne, les deux côtés supportent un rang de tribunes grillées pour les femmes. Au travers de ces grilles vous distinguez les voiles blancs, les mains effilées et le nez grec, signe distinctif des femmes juives. Les échelles de corde se déploient rarement pour ces Jessica de second ordre; rarement un baron hollandais, épris du même amour que le jeune homme du *Marchand de Venise*, les enlève du Muiderstraat.

Il y a encore de bonnes âmes et des conseillers auliques de La Haye qui croient que les Juifs lavent leurs morts dans du vinaigre. Pourquoi ne pas ajouter, comme un vieux livre de *Voyages en Italie*, qu'ils l'emploient ensuite à confire des cornichons pour les chrétiens?

Vous avez parcouru Amsterdam, la ville des cultes, la ville sombre et théologienne, frappez maintenant aux portes peintes de La Haye, la ville de l'étiquette. La Haye, résidence royale, a tout l'air d'une capitale anglaise. Quand vous avez passé Delft, jolie ville, propre et cailloutée, ville de canaux, traversée par les diligences sans nombre qui lui viennent de Rotterdam, vous apercevez une foule de belles maisons au grand panache de tilleuls; ces tilleuls ont été célébrés quelque part en grande prose par Bernardin de Saint-Pierre. C'est ici que les équipages foisonnent, que les brouettes crient, que les chambellans criblés de croix passent et repassent. La Haye, c'est une véritable douairière qui vous dira les us et coutumes, qui vous expliquera mieux que Saint-Simon les règles du *dais* au théâtre, et de l'*estrapontin* dans les carrosses; son Bois a été le théâtre de toutes les querelles pour le *pas*, qui divisèrent autrefois les ambassadeurs de France et d'Espagne. Le comte d'Estrades, ambassadeur de Louis XIV, y prit le pas sur le stathouder lui-même! Allez voir la grande salle où figurent tous les portraits de Nassau, gigantesques portraits d'Hercules et d'Amours bataves, peints en poudre avec les armes des Sept-Provinces, les uns mythologiquement pourvus d'ailes, d'autres appuyés sur leur massue! La duchesse de Berry qui, du temps de Saint-Simon, usurpait tous les honneurs de reine, et marchait dans Paris avec des *timbales sonnantes*, aurait eu, je vous jure, grand tort de faire cette équipée dans La Haye. Tous les conseillers que l'on y rencontre encore aujourd'hui sont de vrais conseillers d'Hoffman, ils savent par cœur les échevins d'autrefois et les grands baillis! Si vous avez des lettres de recommandation pour La Haye, jetez-les bien vite dans un canal, elles vous feront à coup sûr plus de profit. L'examen d'une lettre de recommandation passe à un grand conseil de famille où chacun opine du bonnet. Au bout de quatre jours on vous met une carte, au bout de sept visites, vous êtes invité! Cela tombe juste à l'heure de votre départ, tant les Hollandais mettent de temps à se décider!

Le Bois de La Haye est une ravissante promenade. Si les hôtels de cette ville aux briques peintes, aux tapis de Perse, aux glaces de cheminées étroites et longues, vous paraissent un décalque des maisons de Londres, la promenade du Bois sera pour vous celle de Hyde-Park. Des faons et des cerfs, couchés dans le pré, y projettent, sur un vert tendre, l'ombre délicate de leurs ramures; ces gazons divins ont l'air d'appeler Fielding. Sans le chapeau de paille à larges bords des femmes de Schevening, vous crieriez au cocher: « Picadilly! » Le fameux salon de la *Maison du Bois*, salon japonais, où tant *d'or se relève en bosse*, est un magnifique cadeau du dernier empereur de Chine au feu stathouder; il est royal de proportions et de tentures. Les oiseaux de sa tapisserie y sont en plumes, les terrasses en mousse et en gramen naturel. Le salon d'*Orange*, salon de magnifiques apothéoses peintes par Jordaens, a l'air d'une salle du Vatican. Par une bizarrerie, très philosophique d'ailleurs, la veuve de ce prince Frédéric-Henri (elle s'appelait, je crois, Amélie de Solms), a fait placer son portrait, habit et voiles noirs, au dessus de ce salon éclatant. Elle tient en main une affreuse tête de mort!

Selon nous, le temps curieux de La Haye a été celui des petits scandales imprimés in-12, le temps des éditions apocryphes qui voulaient échapper à la censure. Les petits marquis, le talon en l'air, après avoir *commis*, sous Louis XV, quelque pamphlet ou quelque roman, s'en allaient prendre l'air de S'Graven Hagen, et revenaient en poste jouir ensuite de leur triomphe. La plupart du temps, ce titre de La Haye, imprimé sur les livres, était une véritable fiction. Cette ville paisible serait bien coupable si nous lui devions tous les romans de mousquetaires et toutes les fadeurs écrites sur les sofas du dix-huitième siècle. Elle a fait beaucoup mieux en nous donnant Ruysch et Huygens.

A l'heure qu'il est, les clubs et les cafés sont l'âme de cette ville. Un café de La Haye (*tapery*) compromettrait pourtant un étranger aux yeux du puritanisme hollandais, plus encore que les folles *maisons de nuit* d'Amsterdam. Tout s'y passe cependant dans l'ordre le plus méthodique et le plus triste. Les murs de ces tabagies conservent d'ordinaire de grands bras de flambeaux à la Louis XIV, une forte odeur de tabac et de genièvre, d'énormes pipes que l'on vous présente en entrant, le portrait du prince d'Orange à cheval et un perroquet renfrogné au comptoir, dans une grande cage. Ce pauvre oiseau, indignement enfumé par la pipe, a l'air de regretter les mystiques pralines de Vert-Vert.

Malgré son apparence confortable de richesse et d'élégance, La Haye ressemble beaucoup à *la Petite Ville* de feu Picard ; chacun y sait par cœur le dîner et la maîtresse de son voisin. Barricadée chez elle, tirant chaque jour le verrou sur ses mœurs et ses habitudes, la vie hollandaise n'a qu'une joie, celle d'épier les travers des étrangers devenus ses hôtes. Tous ces petits miroirs pendus aux fenêtres des maisons (miroirs nommés *spiegel*, en raison de leur office) rapportent fidèlement et au jour le jour à leurs maîtres les baisers pris et rendus, les raccommodemens et les querelles. Voilà une pâture quotidienne d'anecdotes et de cancans. La probité batave, tant de fois vantée dans les affaires, sa simplicité heureuse et sa grande économie, n'aboutissent souvent qu'à l'asservissement le plus complet de l'avarice. Le marquis de Ros..., avec quatre mille arpens de terre, n'a pas de domestique en voyage et boucle lui-même ses malles. On se montrait dans la rue un *gentleman* de Leyde, qui avait un cheval de 1,500 francs ! L'alliance récente avec la Russie a donné ici quelque relief à la cour, qui sans cela aurait l'air d'une bonne et lourde préfecture. Il y a tous les jours un couvert de douze officiers chez le roi, dont habituellement deux grands-officiers. La table royale est fort bien servie, et le roi d'une facilité d'accueil devenue proverbiale à La Haye. Un jeune comte russe, établi à La Haye depuis deux ans, nous disait avoir rencontré dans les cercles un petit homme noir, à jabot, aux mains aussi blanches que sa cravate, excellent pianiste, auquel les dames disaient d'une voix tendre : *Monsignor!* C'était l'internonce du pape, rien que cela ! On se l'arrachait dans le pays comme une porcelaine du Japon.

Quant aux Anglais, ils sont peu choyés dans cette résidence. Le chargé d'affaires et son seul secrétaire représentent la nation. Ceci vous frappe d'autant plus que La Haye, je le répète, est une véritable ville anglaise ; les hôtels sont tous dans le style de celui de *Clarendon*, à Londres.

Je hais de tout mon cœur les choucroûtes et les promenades à Scheveningen. Les gens de La Haye ne manqueront pas de vous dire que Scheveningen est fort beau. De ce plateau nu, vous pouvez à votre aise jouir de la mer du Nord, beaucoup moins belle que la lame de Dieppe et de Boulogne. L'établissement de bains dont s'enorgueillit Scheveningen est beaucoup trop grand pour l'endroit ; il laisse à cent lieues de lui les Néothermes de Paris. A propos de bains, vous saurez qu'il est d'usage à La Haye de se faire inscrire pour en prendre *un*, dans la seule baignoire de la ville, Hôtel du maréchal de Turenne. Après trois jours d'attente, un domestique en livrée vous conduit par les cuisines à une chaudière large et ronde, digne des frères Machabées. Vous y bouillez le temps qu'il vous convient dans une eau verte et bourbeuse, quitte à vous laver après ce bain, d'après le mot railleur de Diogène.

La littérature limithrophe n'est pas certainement ce qui préoccupe le plus les Hollandais. Ils en étaient, en avril 1835, au premier volume de la *Marquise de Créquy*, aux *Soirées de Walter Scott* et à *Bug-Jargal*. Les cabinets de lecture, ainsi que les journaux de France sont, ailleurs qu'au club, une véritable rareté. Madame la comtesse de Rossy ayant bien voulu, en chantant chez le prince d'Orange, rappeler à ses amis qu'elle était encore mademoiselle Sontag, il y eut, je crois un M. Box, secrétaire de M. Van Man, ministre de la justice, qui consentit à publier un feuilleton dans le seul journal de La Haye. Heureuse ville, qui peut vivre ainsi sans journaux!

Au reste, c'est à La Haye que le bourgeois est encore une vérité. Les oncles au *coquin de neveu* et les tuteurs à brandebourgs de M. Alexandre Duval sembleraient s'être réfugiés dans cette ville. Quelquefois, au soir, à l'appui d'une fenêtre basse qui donne sur le canal, vous voyez un honnête Batave, voûté comme Jean-Jacques et balançant, comme lui, entre ses doigts sa pervenche favorite ; sa pipe et son *feu* de pipe reposent à ses côtés; son nez, recourbé en serre d'oiseau, est pincé par les classiques lunettes rondes; il lit à coup sûr l'*Histoire des pêches, découvertes et établissemens des Hollandais dans les mers du Nord*, par M. Bernard de Reste!

On s'est égayé beaucoup sur la facilité de mœurs des Hollandaises. Quant à moi, si je ne les ai pas trouvées moins roses et moins fraîches que dans les tableaux de Gérard Dow, je ne les crois pas non plus aussi oublieuses que dans ceux de Jean Steen. Elles ne montrent guère leurs visages qu'à travers les persiennes ou les grilles de leurs églises Les femmes de Hollande, surveillées parfois comme les femmes turques, brisent les entraves du harem ; mais, en général, il n'y a pas ici de fracas de commerce et de *relazione*, comme en Italie ; tout cela s'arrange et se conduit *piano*, comme le premier chœur d'Almaviva.

Les intérieurs de famille sont autre chose ; il faut vaincre d'assaut les antipathies et les terreurs hollandaises pour y entrer. A peine sur le seuil, et dès que le miroir à double verre, suspendu au dehors, a présenté votre figure de visiteur à votre hôte, la grand'tante fait cacher les demoiselles. Les demoiselles de Hollande sont, comme les fleurs de Haarlem, toujours sous verre jusqu'au grand jour de l'exposition, celui de l'hymen. L'excentricité anglaise, pour sa rigueur, n'approche pas de celle-ci. Si c'est le soir, et que vous soyez réservé à ce qu'on appelle un *thé*, je vous recammande le tableau suivant. Dans un salon de moyenne hauteur, orné de chinoiseries de toute nature, figure une table luisante, sur laquelle s'élève un obélisque de tasses amoncelées, une colonne trajane de porcelaines. La dame de la maison remue ces tasses avec une grande agilité, elle les nettoie, les rince et les remplit ensuite elle-même. Nul vestige de domesticité apparente ; la livrée, pendant ce temps, bâille ou dort sous le péristyle vitré; cependant le thé circule, on s'aventure à parler des grandes et des petites orgues d'Haarlem. Le fils de la maison, innocent jeune homme, qui traduit Heinsius, joue timidement avec deux griffons anglais assoupis dans de grands paniers d'osier. Quelquefois un professeur intervient et raconte comme nouveauté l'histoire d'Hugo de Groot, plus connu chez nous, lui et son coffre, sous le nom de Grotius. Le grand catalogue *des plus belles oignons et pattes à fleurs hollandaises, imprimé par Arie Corneille*, etc., sur le Wageweg, fut un jour compulsé devant nous par de si furieux amateurs de jacinthes, qu'à minuit sonnant on parlait encore de *la Duchesse de Raguse bleu-porcelaine*, estimée à 200 francs. La *tulipomanie* est le grand type des conversations hollandaises. Parlez-vous beaux-arts, peinture, poésie ou même politique, on vous répond jacinthes et amaryllis. La ville de Haarlem est le centre de cette fureur. Le jour de l'exposition des fleurs à Haarlem, l'orgue de la cathédrale a des chants, chaque serre et chaque porte son parfum. Les villas hollandaises qui bordent la route sont sablées de la veille; la statue de Laurent Coster, cet inventeur apocryphe ou vrai de l'imprimerie, rayonne elle-même d'anémones, de gladiolys et de roses. Innocent peuple et innocente ville! Il y a des bourgeois qui font quinze lieues pour flairer de leur narine attendrie *le Prince héréditaire d'Orange*, *la Marquise de Anspach*, *la Ville d'Amsterdam* ou *M. Pitt!* On sait que *Louis XVI* coûta jusqu'à 600 francs!

Ces singularités d'un peuple créé pour la miniature ne sauraient mieux se résumer que par l'extravagant aspect du fameux village de Broëk. La Nord'Hollande est, en effet, l'arsenal le plus curieux de toutes ces vieilles coutumes, coutumes de propreté et de chinoiserie sérieuse. A peu de distance de Buiksloot, vous trouverez beaucoup de paysans et de fourneaux de terre dans les campagnes; ce sont des gens de Broëk qui font leur cuisine, pour ne pas salir leurs maisons. Ce sable fin et propret, sur lequel sont balayés artistement des paysages et des figures, gardez-vous de le gâter, ce sont les dessins des gens de Broëk! Vite, vite, lisez la loi du pays, il vous faut mettre des chaussons de lisière pour visiter tout cela. Le grand Frédéric de Prusse, qui l'avait vu avant vous, quand il voyageait incognito dans la West-Frise, s'en fâcha sérieusement. — Mais savez-vous, leur dit M. de Lamettrie, que c'est Frédéric de Prusse? — Et quand ce serait le bourgmestre d'Amsterdam! répondirent les gens de Broëk. Heureusement que le roi Frédéric et Lamettrie étaient philosophes!

Ce qu'il y a de sûr, c'est que ce village envoya un jour une forte somme à un colonel prussien dont le régiment devait traverser l'une de ses rues; justement c'était la plus grande. L'impôt fut voté et l'argent envoyé bien vite par eux, afin que ce damné Prussien épargnât aux femmes de Broëk la peine de refaire leurs paysages de sable. Tout cela n'est-il pas digne du peuple chinois?

Si l'on dit que l'empereur Joseph II n'éprouva pas moins de difficultés à être reçu dans une maison de Broëk, nous devons nous trouver heureux d'avoir pu du moins voir ses *remises*. Cette partie de Broëk est à coup sûr ce qu'il y a de plus curieux. Trouvant sans doute que ce n'était pas assez d'avoir dans leurs étables attaché la queue aux vaches, crainte d'ordures, les naturels de Broëk ont encore mieux logé leurs carrioles; les harnais sont garnis de petites coquilles de Guinée, et suspendus sous verre dans une grande armoire d'acajou, surmontée d'un vase en ove, d'où retombent galamment deux guirlandes à fleurs dorées. Au milieu de la *remise*, il y a un lustre; elle est planchéiée et frottée; les volets des fenêtres sont aussi chargés d'or que les colonnes d'avant-scène à l'Opéra.

La première *remise* que je vis à Broëk appartenait à Claas Backer, paysan *millionnaire*. La maison de Claas Backer était peinte en vert pré, toutes les vitres étaient en glace de Venise, et laissaient voir de beaux rideaux d'étoffes de la Chine et des Indes. L'honnête propriétaire vint lui-même au devant de nous, dans un bel habit de fête. Il portait un petit chapeau à trois cornes, une cravate de dentelle blanche attachée fort lâche au cou, de manière à laisser voir les deux boutons d'or qui retenaient son collet de chemise. Sur sa poitrine, soigneusement bourrée de flanelle, se croisaient avantageusement deux beaux gilets de calmandre, avec des rangs fort serrés de boutons d'argent; son habit et ses culottes étaient de drap bleu. Il vint à nous d'un air de grande aisance, et nous proposa deux pipes bourrées de son meilleur tabac. Le vin de Constance une fois bu, il me souvient qu'il nous mena dans sa remise, où était une charmante fille. Celle ci nettoyait un grand réverbère doré, qui servait de lustre à la cour intérieure de Claas Baker. Après avoir visité la remise, nous voulûmes monter dans la maison, mais on nous fit marcher sur des morceaux de grosse guinée blanche pour ne pas salir les nattes qui recouvraient les tapis de pied. Cette grosse mousseline était néanmoins empesée et gauffrée en zig-zag.

Après ceci, que vous dire, et me ferez-vous grâce au moins de Saardam? Saardam, ou plutôt Saandam, offre la même ironie champêtre; le vert des maisons y est aussi tendre que l'herbe des prés; les jardins y sont en grande toilette dès sept heures du matin; les lanternes de gaz y pendent aux tilleuls; les femmes sont brossées, épinglées, charmantes et luisantes, avec leurs mantilles de soie noire. Vous pensez bien qu'à Saardam il y a pour tous les pélerins pieux une visite que n'indiquent point les livres de voyage, visite plus intéressante mille fois que celle de la cabane du czar Pierre, ce curieux sauvage dont parle Saint-Simon. La cabane du czar Pierre peut-elle valoir, après tout, sa seule promenade à Saint-Cyr? « Il y fut reçu comme le roi. Il voulut voir aussi madame » de Maintenon, qui, dans l'apparence de cette curiosité, s'était mise au » lit, ses rideaux fermés, hors un qui ne l'était qu'à demi. Le czar entra » dans sa chambre, alla ouvrir les rideaux des fenêtres en arrivant, puis » tout de suite ceux du lit; *il regarda bien madame de Maintenon tout* » *à son aise*, ne lui dit pas un mot, et, sans lui faire aucune sorte de ré» vérence, s'en alla. »

Saint-Simon dit encore qu'il buvait et mangeait en deux repas réglés d'une façon inconcevable, prenant à la fin du repas *des eaux-de-vie préparées*, *chopine et quelquefois pinte*. Le défrai de ce prince coûtait 600 écus par jour.

Vous ferez donc mieux de lire le czar Pierre dans les Mémoires, que d'aller voir sa baraque. Elle consiste en quatre planches, sur lesquelles tous les sots du monde ont écrit des vers et leurs noms... La visite dont je veux vous parler est celle du bourgmestre de Saardam. Depuis la pièce et l'acteur, on ne saurait passer sans rire à Saardam, et tout d'abord nous prîmes soin de nous faire conduire chez ce digne magistrat. Il nous tardait singulièrement de le comparer à son *double*, de l'étudier et de le sonder *relativement à l'Angleterre*. Quelque danger que courût notre sérieux dans cette entrevue, j'ose dire que nous nous en tirâmes avec bonheur. En longeant les barrières et les moulins de ce village, lequel n'a pas moins de dix mille âmes, nous arrivâmes avec notre guide à la demeure de M. Van der Staat. Ce nom, qui n'a rien de fictif, était écrit en belles lettres de cuivre sur une porte ombragée par deux lauriers-roses.

La petite maison était peinte en noir, avec des tuiles vernies; le revêtement du mur était de briques jaunes. Il y avait dans notre démarche une grande étourderie; mais le cœur nous battait, nous allions voir un homme de tradition, immortel sans qu'il le sût peut-être! un bourgmestre en chair et en os! Au tintement officiel de la petite sonnette du jardin, le magistrat dut penser d'abord que nous ne venions que pour affaire.

— Dépêchez, messieurs, nous dit en français le digne M. Van der Staat.

Il avait encore sa serviette à la bouche et tenait sa casquette à garde-vue vert dans sa main droite. A la suite de notre guide, nous avions l'air de deux plaignans, ou plutôt de deux maraudeurs conduits par un garde. Le bourgmestre nous fit passer dans un petit salon voisin de la salle à manger et ferma sur lui une grille treillissée de fils de cuivre, à travers laquelle il reprit avec plus d'assurance le cours de ses interrogations. Il parlait français et bon français. Il nous avoua ne pas connaître Potier, *à moins*, reprit-il, *que ce ne soit le jurisconsulte*. Pendant que l'un de nous le faisait causer, l'autre osait prendre irrévérencieusement le croquis de sa personne. Assurément elle ne manquait pas d'une certaine grâce: il était fort droit, haut en couleur, portant une perruque brune, toute ronde; les deux côtés de son col de toile avançaient avec la raideur pointue des chevaux de frise. Ce qui nous parut original, ce fut une pièce d'argent de cinq florins, qu'il portait collée au milieu du front. Le guide nous déclara qu'il n'usait de cette pièce que pour conjurer un mal de tête habituel chez lui, à cause du bruit des moulins. Les moulins de Saardam font en effet le plus continu des vacarmes. Ne voulant pas faire refroidir plus long-temps le dîner du bourgmestre, nous prîmes congé de lui avec force salutations. Il ne pouvait pas concevoir qu'on eût mis sur la scène un bourgmestre pour rire.

Ce ne fut qu'alors et à travers les grandes vitres de la salle à manger que nous aperçûmes sa famille, assez inquiète, à ce qu'il nous parut, de son absence. Ses deux filles, autant que nous en pûmes juger, étaient de fort belles personnes; elles étaient ornées du diadème palmyrien des femmes d'Alkmaaer et de Hoorn, dont le cercle d'or massif, posé à plat, encadrait merveilleusement leurs blonds cheveux.

Le surlendemain, nous parcourions Rotterdam et Leyde. Je n'ai que deux choses à en dire, c'est que la première de ces deux villes, sans la statue noire d'Érasme et sa Bourse, aurait l'air de quelque quartier populeux d'Amsterdam, et que la seconde devrait plutôt se nommer Lucas de Leyde, en reconnaissance et en souvenir de son héros.

Les rives de l'Yssel sont bordées par des digues qui serpentent et se partagent en plusieurs bras dans la campagne; sur ces digues sont bâtis les villages et pratiqués les chemins; tout ce qui n'est pas digue est marais, prairies coupées de canaux, lacs et fleuves immenses. Dès que la pluie survient, et qu'elle éclate en trombes sur le paysage, ces eaux blanchâtres deviennent alors d'un aspect calamiteux. Rien ne représente mieux une inondation que ces grandes nappes contenues dans leur lit habituel et qui ont l'air pourtant d'en sortir. L'arc-en-ciel aux joyeuses bandes ramène heureusement des teintes sereines et douces sur ce tableau : sans lui, par ces jours-là, vous croiriez presque au déluge.

Après avoir traversé le beau village d'Alblaserdam, qui ne le cède guère à celui de Broëk, nous arrivâmes à Gouda par une soirée de printemps délicieuse. Nous savions bien à l'avance que Gouda était une ville célèbre pour ses écluses, ses orgues, et principalement ses vitraux, mais nous ignorions qu'elle eût le monopole des pipes. C'est du moins dans ses environs que se fabriquent les meilleures pipes hollandaises. La terre que les habitans emploient pour ce genre de commerce est une argile fine et grasse ; ils la font venir des environs de Liége et de Cologne. A chaque grosse qui se vend dans les manufactures, on ajoute une pipe que les Hollandais nomment *la pipe du nouveau marié;* le tuyau et la tête en sont chargés de beaux ornemens en relief relatifs à ce cadeau conjugal.

Les vitraux qui décorent la principale église de Gouda sont l'œuvre des frères Crabeth. Les frères Crabeth, qui vivaient au seizième siècle, ont épuisé tout leur art dans cette belle vitrine ; l'église de Gouda, avec ses doubles bas-côtés, l'encadre admirablement. La peinture sur verre, comme chacun sait, fut portée au dernier degré de perfection pendant les quinzième, seizième et dix-septième siècles ; celle des frères Crabeth eut de plus le mérite d'enfanter plusieurs artistes qui marchèrent sur la même ligne : de ce nombre nous citerons Guillaume Thibout et Corneille Isbrauts-Kuffens, le premier mort en 1599, le second en 1613. Tous deux travaillèrent concurremment aux vitraux de l'église de Delft.

A Édam, les vitraux de l'église, quoique moins beaux qu'à Gouda, y sont d'une conservation remarquable. De Monnikendam, vous passez à Hoorn, la seule ville qui dispute à Alkmaer le titre de capitale de la Nord-Hollande. Toutefois, c'est à Hoorn que s'assemblent les états plénipotentiaires de la province ; elle est le chef-lieu de l'amirauté ; la compagnie des Indes orientales y tient ses assemblées, et l'on y bat monnaie de deux années l'une. Ainsi que toutes les villes nobles de la Hollande, Hoorn a le privilége de nourrir des cygnes sur ses canaux. Ces pauvres oiseaux portent à leur cou des plaques d'argent qui les étranglent, et où les villes ont fait graver leurs armes. Du temps que le chevalier Temple habitait ces contrées, il parle avec attendrissement dans une de ses lettres, non d'un cygne, mais d'une cicogne que nourrissait la ville de La Haye, moins heureuse que la ville de Hoorn. Cette cicogne courait les rues, et le peuple avait pour elle la plus haute vénération. Les armes de La Haye, qui sont encore à cette heure *une cicogne d'argent et de sable,* confirmeraient assez la vérité de cette anecdote de Temple.

Hoorn a été bâtie vers le treizième siècle, à l'époque de la grande inondation du Zuydersée. Jean de Horn, dit le *furieux,* stathouder de Gueldres, lui donna son nom et ses armes, en y changeant toutefois les couleurs. Le port de Hoorn est commode ; il ne peut manquer de rappeler le célèbre Schouten, le meilleur pilote de son temps, le même qui fit en 1616 la découverte du cap de Hoorn. La ville vers le nord semble régulièrement fortifiée. Dix églises et trois mille maisons lui donnent tout à fait l'air d'une capitale des Etats. Dans la cathédrale, qui est gothique, on voit le tombeau de l'amiral Florisson, tombeau qui n'a rien de remarquable, pas plus que l'Hôtel-de-Ville et les autres monumens publics de Hoorn. Nous en exceptons l'Hôtel-des-Etats, qui est un beau, vieux et triste bâtiment dans lequel nous lûmes ces vers :

Mère de la valeur, et fille de la mer,
Fille du siècle d'or en ce siècle de fer,

La cour, le cœur et l'œil, l'âme de West-Frise,
Le florissant logis de toute marchandise;
De Mercure et Pallas, la Bellone d'état,
Avant la douce paix, ayant eue au combat
L'invincible vertu toujours pour sa conduite,
Les inclinations de la fortune ensuite,
C'est Hoorn; de celle-là dira plus l'univers,
Trop faible est une voix et trop petit un vers.

Français ou non, ces vers prouvent assez en faveur de la suprématie de Hoorn sur les autres villes de cette province. Curieuse par l'ancienneté de ses bâtimens, sans aucun mélange d'autre style que celui de toutes les villes de Hollande, Hoorn, avec son vieux château de Hoorn-Werdt, résidence de ses anciens comtes souverains, a l'air d'une douairière résignée et patiente. Ses plus vieilles maisons semblent neuves, à voir la constante uniformité de celles qui s'élèvent; ses rues sont larges, mais tournantes; enfin c'est à Hoorn seulement que vous reconnaissez la vieille Hollande, comme elle est représentée dans les tableaux du temps de Philippe II, du duc d'Albe et de la gouvernante Marguerite. Ce sont toujours, comme au seizième siècle, des rues garnies de maisons de briques bien rouges, des vitraux de couleur armoriés, des ornemens dans le style florentin, force vases de vieux Japon remplis de fleurs, des frontons élevés en gradins, de beaux tilleuls à toutes les portes, et des pavés bien propres où l'on voit incrusté le lion de Hollande, avec sa couronne royale, les sept flèches et la légende latine. Pour mon compte, j'y ai vu bien des visages qui ressemblaient à la grosse mine froide du *bon seigneur de Brederoode*, mais pas un, à la vérité, qui me rappelât les *gueux*. C'est une chose digne de souvenir, que nous n'ayons vu en Hollande qu'une seule physionomie qui ne peignît pas la probité; il est vrai que c'était celle d'un aubergiste condamné à être pendu près d'Utrecht. Pendant tout un voyage en Nord-Hollande, en Gueldres et dans les contrées environnantes, tout a l'air calme et honnête; la confiance publique est si grande, qu'au bout des avenues de châteaux, sur la grande route et à la porte de beaucoup de maisons dans les villages, il y a une boîte aux lettres accrochée à un arbre, dans laquelle le courrier prend et dépose les lettres. Cette boîte reste ouverte, et jamais aucun négociant n'est allé y savoir les affaires de son voisin, ni aucun jeune homme y lire les billets doux de sa voisine. La commodité de ces boîtes fait que le courrier ne se dérange pas de sa route, et que, dans plusieurs endroits, il ne passe que la nuit : on lui paie ses lettres quand il a un mémoire d'une aune, il n'y a ni mécompte ni dispute à ce sujet.

Afin de montrer à quel point cette confiance est encore poussée, à l'heure qu'il est, voici une affiche que nous traduisons littéralement du hollandais (elle était près d'un parc à Haarlem) :

« On *prévient* les voleurs qu'il y a, *ici près*, des piéges très meurtriers, afin que, s'il leur arrive malheur en franchissant les limites du bois, on n'en ait pas la conscience chargée. »

Cette bonhomie administrative ferait rire en France; en Hollande, elle atteint son but. Les professions les plus bruyantes vont au pas dans ce pays des bourgmestres; les postillons eux-mêmes vous y font souvenir du fameux chapitre de Sterne sur l'Abbesse des Andouillettes et sa novice. Ils disent fort doucement : *foï! foï!* ce qui équivaut à *fi donc! fi donc!* aux chevaux qui ruent. Sur la route, un postillon hollandais ne manque jamais à descendre de cheval pour ouvrir des barrières magistrales qui coupent les grands chemins à toute minute, et qui ne sont là que pour empêcher les bestiaux de s'enfuir. Il faut voir alors le postillon hollandais, impassible comme Sancho, attacher lentement ces barrières pour qu'elles ne se referment pas seules, prendre ses chevaux par la bride, et, après qu'il les a fait passer, au lieu de monter à cheval en jurant comme tous les postillons du monde le feraient, retourner tout doucement à la barrière. Là il dénoue son bout de ficelle, qu'il roule patiemment sur ses doigts, et met dans sa poche pour la première occasion; puis le voilà qui referme consciencieusement le petit verrou de cette maudite barrière, et remonte à cheval sans avoir éprouvé le moindre mouvement d'humeur.

Nous pourrions vous parler bien longuement d'Utrecht, la ville patricienne par excellence; d'Utrecht, aussi vieille et aussi poudreuse que le velours de ses fabriques, le centre des familles nobles, et qui pourrait s'appeler à bon droit le faubourg Saint-Germain de la Hollande. La galerie de tableaux du professeur Blumbland, remarquable entre toutes celles d'Utrecht, vous y semblera plus curieuse que la plume du château de Loo, plume devenue historique depuis qu'elle signa la paix. D'Utrecht à Ouden-Aerd, le pays, que vous parcourez en yacht, est plein de fraîcheur; il vous fera presque oublier les frères Moraves, leurs robes blanches et leur cor de chasse. On a trop parlé de cette communauté, mascarade luthérienne, où le *rose tendre*, pour les bonnets, remplace, pour les femmes, la *couleur rouge*, jusqu'à l'heure du mariage, époque à laquelle les statuts leur font prendre le *bleu céleste*. Cette secte, nous devons le dire, a pourtant encore des partisans en Allemagne et en Prusse. Nous ne dirons rien des mœurs et coutumes des frères Moraves, d'abord parce qu'on n'en sait que ce que l'on imagine, puis parce que ce qu'on en a dit de curieux se trouve partout. Nous allâmes cependant à leur chapelle, dans la tribune de l'orgue. Après avoir chanté un de leurs cantiques avec beaucoup de recueillement, leur pasteur lut dans le patois morave le récit de la mort d'une sœur négresse à Friderickberg. Après cela les chants recommencèrent, et nous sortîmes.

Arnheim, capitale de la Gueldres, me fait souvenir que j'y vis, dans l'église de Sainte-Eusèbe, les tombeaux de George de Riperda et de Charles-le-Turbulent, comte d'Egmont, au milieu d'un bon nombre d'autres érigés pour les ducs stathouders et comtes de Gueldres. Ils intéressent; mais qu'ils sont loin de ceux de Bréda!

Loin de nous la prétention d'avoir, dans ces aperçus, résumé la physionomie complète de la Hollande.

Il resterait un beau livre à faire sur ce peuple, qui du moins ne nous vole pas nos industries comme la Belgique, qui s'est fait lui-même et se maintient opulent sans avoir la morgue insolente des parvenus; industrieux comme s'il était encore pauvre, superficiel en fait d'ornemens et de joujoux, il est vrai, mais peut-être plus riche encore que nous en hommes véritablement instruits; si despote dans son commeree, que son roi a compris qu'il ne devait être que son premier procureur; peuple étrange, dont la soif de fortune est telle que le moindre chiffre de ses ballots l'occupe plus que son histoire, et que c'est à nous, gens de passage, à remuer péniblement sa vieille cendre pour y reconstruire, avec les dates, la vie de ses grands hommes, souvent oubliés!

RUYSCH.

I

Un Marin et un Docteur.

Un de ces bâtimens à deux mâts appelés *eburtschippen*, que les Hollandais emploient sur le Zuydersée et qui vont et viennent sans interruption de Lemmer, Harlingen, Utrecht, Leyde, et autres villes, jusqu'aux bassins d'Amsterdam, débarqua, le 18 mars 1667, ses passagers au quai de l'Encaquerie.

Ceux qui ont babité quelque temps un port de mer n'ignorent pas de quelle affluence un pareil événement devient le prétexte. C'est un flux et reflux d'acteurs, les uns sérieux, les autres grotesques, des bourgeois, des marins, des oisifs et des commères. En Hollande comme ailleurs, le degré d'intérêt qu'excite ce spectacle varie suivant la circonstance ; les spectateurs sont peu nombreux si c'est un simple bâtiment qui revient de pêcher le cabilhau ou morue de la Meuse ; la foule est immense, au contraire, dans le cas où un navire de la compagnie des Indes, un *haringbuisen* parti l'autre trimestre pour les hauteurs d'Yarmouth, ou un bâtiment frété par des harponneurs de baleine, déploient leur pavillon. Quelque habitué qu'il soit à ces périodes de retour, le peuple hollandais est surtout avide de se montrer en pareille occasion. Ses vaisseaux *camards* que notre commerce rival a de tout temps désignés sous le nom injurieux de *gros ventres*, sont alors pour lui de véritebles oncles d'Amérique auxquels sa reconnaissance tend les bras. Il sait mieux que personne que ces bâtimens ont été construits dans ce système de forme plate pour prévenir les difficultés des atérages et les bas-fonds de ses ports, presque tous dangereux. S'ils vont plus lentement et avec moins de voiles, ils ont en revanche l'avantage de prendre une plus grande charge, et de faire bien plus de frêt. C'est là ce qui, joint à la simplicité des manœuvres qui demandent moins d'hommes d'équipage, leur a donné sur leurs concurrens l'avantage réel de faire le transport à plus bas prix, et leur a procuré dans un temps le cabotage presque universel de l'Europe.

Le peuple hollandais, grand calculateur, n'a pas cependant sacrifié (son histoire en est la preuve) les intérêts de sa gloire militaire à ceux de sa puissance marchande. Sa fièvre d'accroissement ou d'indépendance a dû varier nécessairement suivant les époques. Dans la plus belle phase de sa gloire maritime, c'est-à-dire sous Cromwel et Charles II, phase de résistance courageuse, d'armemens coûteux et splendides, la Hollande semble presque avoir oublié son commerce intérieur; elle se sacrifie, se saigne et s'épuise. Elle ne vit alors que d'Amsterdam à Dordrecht. A Dordrecht, les chantiers de construction ; à Dordrecht, les radeaux et les flotteurs, le bois qui va servir aux sept batailles navales que livrera la Hollande, depuis les années 1652 et 1653 jusqu'en 1676! Parlez-nous de ce tumulte et de cette agitation guerrière! Ces mêmes drapeaux qui, depuis Gilbert d'Amstel, pendaient collés aux mâts avec leur humble devise : *Concordia res parvæ crescunt*, sifflent aujourd'hui orgueilleux sur les navires. De Witt, Tromp, Ruyter, s'illustrent par des prodiges; désormais le balai de Tromp, vaniteuse allégorie, sera le seul pavillon de la Hollande. Charles II, qui va dans peu recourir à Louis XIV, n'est ici qu'une personnification tacite du génie anglais, génie remuant et sourd qui, non content de jalouser en secret la Hollande, osera un jour s'emparer en pleine paix de ses établissemens, après lui avoir demandé le concours de sa flotte pour chasser les Barbaresques. Ces premières lueurs du règne de Charles II sont pour la Hollande un présage certain de luttes maritimes, d'efforts, de prospérité et de gloire. Jamais peut-être la Hollande ne se protégea mieux elle-même qu'à cette époque ; jamais « ces pêcheurs de hareng devenus rois, » comme les appelle le manifeste du roi d'Angleterre (1), ne donnèrent plus de sujet de soucis à sa royauté nouvelle. Ces engagemens si vifs et si continus entre les deux puissances d'Angleterre et de Hollande préparent merveilleusement pour l'histoire l'entrée de cette autre guerre qui les suit de près, la guerre de Louis XIV. Celle-ci toute différente, entreprise par un sentiment d'aigreur contre les états-généraux, affaire d'escarmouche et de préséance, plutôt que d'enthousiasme, froide, raisonnée, pompeuse, fait reluire la Hollande de tout l'éclat d'un carrousel. La France envoie d'abord à la Hollande des amiraux en dentelles et d'élégans capitaines qui échangent avec elle des boulets comme des saluts. Le comte d'Estrées, avec une escadre de trente vaisseaux, canonne Ruyter, et écrit à Colbert qu'il *voudrait payer de sa vie la gloire que Ruyter vient d'acquérir.* D'Estrées, ajoute Voltaire, méritait que Ruyter *eût ainsi parlé de lui.* En définitive, ces combats fréquens, où la victoire flotte indécise, où il se dépense autant d'argent que de courage, conduisent Louis XIV, ruiné dans ses finances, à la paix de Ryswick (1). Vous verrez plus tard la Hollande, comme pour achever de le punir, ouvrir ses portes aux victimes de l'édit de Nantes.

Et ainsi, à deux reprises bien distinctes, ce peuple s'est souvenu qu'il

(1) Par la paix de Ryswick, Louis XIV rendit à l'Espagne tout ce qu'il avait pris vers les Pyrénées et en Flandre. Il reconnut pour roi légitime d'Angleterre le roi Guillaume, traité jusqu'à ce jour de simple prince d'Orange, désigné sous les noms de tyran et d'usurpateur. Louis XIV promit de ne donner aucun secours aux ennemis de ce prince. Le roi Jacques, dont le nom fut omis dans le traité, resta à Saint-Germain avec son titre inutile de roi ; on restitua à l'Allemagne Fribourg, Brizach, Kehl et Philisbourg. Plusieurs villes s'empressèrent de consacrer le souvenir de cette paix par des médailles. Sur celle que firent graver les

était fort puissant, qu'il avait chassé les Portugais et les Espagnols de toutes les mers ! Depuis, vous le voyez affermir ses comptoirs dans les Indes orientales, placer au nombre de ses possessions Java, Batavia, Ceylan, régner sur la côte de Coromandel et sur celle de Malabar, et, malgré cette domination presque universelle, demeurer tranquille, grand chez les autres et petit chez lui, sans ambition de fortune et de conquête !

Ce peuple si fier n'a pourtant qu'à consulter sa position géographique pour voir qu'il possède le royaume de Pégu, qui lui fournit de la laque, de l'or, des rubis et des saphirs. Il y a aussi une loge à Siam, où il entretient quelques commis pour avoir soin de ses richesses. Ce pays lui rapporte du riz, des dents d'éléphans, de l'étain, du plomb ; cet autre (c'est le Japon), de la soie, du drap, cent mille peaux vertes, du camphre et du musc. Que de richesses immenses et lointaines ! En Chine, des bois de rose, du thé, de l'acier, du fer, du corail, de l'ambre et des cabinets de laque ; à Curaçao les liqueurs ; à Moka le café ; à Surate le vermillon pour colorer les lèvres de marin jaunes encore de genièvre ! Mais vous le voyez, il ne s'en promène pas moins enseveli dans ses fourrures, de l'air solennel du vieil Erasme, il travaille au jour le jour, comme s'il n'avait encore rien acquis, et il se chauffe à des feux de tourbe !

Ces réflexions que l'aspect d'un pays comme la Hollande ne peut manquer de faire naître, la présence d'un personnage qui fumait encore tranquillement sa pipe sur le devant de l'*eburtschippen*, les eût sans doute provoquées chez nos lecteurs.

C'était un homme de cinquante à soixante ans, type exact du Hollandais des anciens jours, le teint violet, le col enfoncé dans les épaules, et le ventre en forme de promontoire. Il était de plus farci, suivant la mode du temps, de rubans et d'aiguillettes qu'il portait, les unes à sa garde d'épée, d'autres à ses manchettes et à son feutre. Sa toilette consistait dans une large perruque posée fort négligemment ou plutôt tiraillée sur son épaule gauche, un pourpoint de velours brun, orné de boutons d'or à ancres gravées, une cravate en dentelle ouvragée finement, et un haut-de-chausses en velours d'Utrecht fané. Ses bottes à entonnoir et à talons hauts étaient d'un cuir rude et pareilles à celles que le peintre Vander Meulen donne aux capitaines de ses batailles. Le front de cet homme était plissé de rides profondes. De temps à autre il frisait du bout de son gant le côté gauche de sa longue moustache. Il était aisé de voir que les voyages lointains l'avaient hâlé de la sorte ; il avait le geste heurté et plein d'énergie et frappait de sa canne à pomme d'ivoire, ornée d'un vieux gland d'or tout poudreux, les planches de l'*eburtschippen*.

— Monsieur a-t-il peur que le bâtiment n'ait fait eau ? lui demanda le patron d'un air goguenard.

Il ne répondit pas ; appuyé contre une des portes vertes du *roëf* d'où sortaient alors les passagers, il semblait plongé dans la plus studieuse

bourgmestres de Gouda, on voit au haut de l'écu de la ville, et au milieu, le roi Guillaume, sous la figure d'Hercule, qui, après avoir terrassé la Discorde, met le feu à un faisceau d'armes posées sur l'autel de la Paix pour détruire la Tyrannie. Sur le revers est le château de Ryswick ; d'un côté, une mer couverte de vaisseaux, de l'autre, un laboureur qui sème son champ. Les états de West-Frise imitèrent l'exemple de la ville de Gouda, et firent aussi frapper plusieurs médailles dans ce goût d'apothéose.

méditation, malgré le bruit qui se faisait autour de lui. Il suivait du doigt, toujours en fumant, les lignes confuses d'une grande carte marine qu'il venait de déployer. Un observateur eût trouvé ce personnage entièrement déplacé sur cette embarcation vulgaire ; il avait toutes les allures d'un contre-maître de frégate. Il fumait sans cracher, ce qui est l'indice d'un homme aguerri à toutes sortes de tabacs. Pendant le cours de la traversée, il avait levé les épaules plus d'une fois, d'un air dédaigneux, et gourmandé en bon hollandais les imbéciles qui se mêlaient de la manœuvre. Le ton de supériorité qu'il déployait avec eux ne pouvait être le résultat de la suffisance, mais celui de l'habitude. Depuis quelques heures cependant, et à mesure que le bâtiment approchait, il semblait se repentir d'avoir parlé, et gardait le plus obstiné silence. Peu soucieux de lier conversation avec les gens de l'*eburtschippen*, il s'était tenu tout le temps près du *roëf* (place couverte sur le pont), dirigeant de là son télescope sur la côte du nord, et ne manquant pas d'observer avec attention, depuis le commencement du voyage, chaque digue et chaque écluse, jusqu'à celle nommée communément *barrière de Haarlem*, qui ferme le port d'Amsterdam. Les bâtimens de guerre contenus dans les bassins semblaient éveiller particulièrement son attention. Il examinait leurs agrès, leurs matelots, leur voilure. Un très petit nombre de vaisseaux séjournait encore dans les bassins d'Amsterdam, pour cause d'avaries, car, depuis le mois de février 1665, Charles II avait déclaré la guerre à la Hollande. A la chaussée voisine de l'Y, et dès qu'il put voir distinctement la ville qui tinta t alors de toute la force de ses carillons, le front du personnage redevint tout morose, il renferma sa carte et son télescope dans la basque de son habit. Peut-être que cette lourde charpente d'homme se trouvait alors agitée de quelque combat intérieur, car une arme sillonna les joues du marin en abordant à ce long quai d'Haringakery... Son caractère brusque reprit bientôt le dessus, et il prononça un nom à la porte même du *roëf*, de manière à être fort distinctement entendu de la personne à laquelle il s'adressait.

— Sarah !

Une main blanche, délicate, la main d'une jeune fille de seize ans, saisit la sienne.

— C'est donc là Amsterdam, mon bon père? Mon Dieu ! quel dommage que ce maudit brouillard m'empêche de bien le voir! Devons-nous y demeurer long-temps? Depuis que je suis avec vous, c'est toujours sur les planches d'un vaisseau que j'ai marché... La mer, toujours la mer! Savez-vous que cela commençait à devenir ennuyeux?

—Oh! les drôles de ponts, continuait Sarah, en sautant joyeuse au milieu de la foule, ils crient d'eux-mêmes lorsque nous passons. Et que de clochers encore, que d'églises! Ce doit être là un pays pieux, mon bon père.

— Avant toute chose, Sarah, je vous prie de ne pas perdre de vue le brouettier qui porte ces bagages. Malgré les bonnes lois de nos bourgmestres, on court souvent le risque, en ce pays-ci, de ne jamais revoir les *kruyer* à qui l'on a confié ses coffres.

— Pourquoi donc n'avoir pas au moins emmené avec nous l'excelente Lucie, mon ancienne gouvernante ?

— C'est cela! une bavarde, qui n'aurait pas manqué de crier mon nom tout haut! Quand je veux, au contraire; quand je dois... Mais j'aperçois d'ici le quartier de mon ami Gaspar Stok.

— Quoi ! ces vilaines rues que voile le brouillard?

—Précisément, et j'ai hâte d'y arriver. Sarah, je ne veux pas que vous m'appeliez ici par mon nom... Ce nom, je ne le dirai qu'à l'ami chez qui je vais, et je ne vais chez lui que pour vous...

Cette phrase, que Sarah ne se donna pas la peine d'approfondir, parut soulager le marin d'un très grand poids. Il donna le bras à l'enfant, et tous deux marchèrent silencieusement. L'homme avait encore déguisé son front sous les larges boucles de sa perruque brune; il poursuivait son chemin, triste et voûté, se fiant sans doute au bruit continuel des rues et au brouillard pour n'être pas reconnu. La jeune fille, comme par un contraste d'orgueil naïf, avait mis au contraire toute sa jolie tête à jour; elle avait écarté son voile et ses cheveux blonds, et ne songeait pas même à cacher, malgré le froid, ses deux mains dans un petit manchon rose qu'elle balançait complaisamment au bout de son doigt. Le spectacle bruyant que présente à toute heure du jour Amsterdam était certainement de nature à faire impression sur l'esprit de Sarah. Ici les marchands en culotte de basin, qui criaient leurs denrées comme à la foire; plus loin des tailleurs à l'enseigne de la *Veste brodée*, récemment arrivés de France, et qui s'intitulaient drapiers de sa majesté Louis XIV, comme les modistes du jour inscrivaient sur leur boutique : *modiste de mademoiselle Labeaume de La Vallière*. Les mœurs hollandaises, malgré leur aspect de rigidité, avaient déjà pris à leur insu quelques nuances de toilettes d'Angleterre et de celles de France. Les feutres à larges bords que portaient les anciens bourgeois de Louis XIV ne différaient guère de ceux que Rembrandt a conservés à ses syndics hollandais réunis autour d'une table, dans l'admirable tableau que l'on voit encore au musée de cette ville. D'un autre côté, le costume anglais du chevalier Temple était presque celui de MM. les membres des états-généraux. Même fraise, même pourpoint et mêmes manchettes. Le Pays, auteur du dix-septième siècle, parle beaucoup des collets de Hollande, des chausses et des rubans couleur de feu qu'il rencontra tout d'abord dans les rues et sur les quais d'Amsterdam. Regnard, qui voyageait en Hollande au mois d'avril **1681**, appelle Amsterdam la *ville des villes;* il parle de ses rues spacieuses, de ses canaux et de ses belles maisons peintes. La foule de luthériens, d'arméniens et de juifs qui habitent cette ville lui remet en mémoire le peuple turbulent des grandes cités d'Italie et d'Espagne. Tout, jusqu'à la houppe noire que portent sur le front les Hollandaises, lui fait penser aux femmes du midi qu'il a vues dans ses voyages. Ces imitations, insaisissables pour tout autre œil que celui de l'artiste, n'en rendaient que plus frappantes certaines bizarreries indélébiles du caractère national. Dans cette rue, par exemple, dont un vent de mauvais présage faisait claquer les châssis, c'était un pauvre professeur emportant son unique tulipe sous une cloche de verre, comme Anchise emporta jadis ses dieux; dans cette autre, une servante frisonne, en grande toilette, que l'on menait processionnellement en triomphe pour avoir été, le mois dernier, déclarée à l'unanimité la meilleure *frotteuse* de son faubourg. Devant elle, et dans un petit sac qu'un jeune garçon élevait en l'air aux yeux du peuple, se trouvait la poudre de coquilles, nommée *schulpzand*, dont se servent les filles en Hollande pour nettoyer les boiseries. Ailleurs, c'était encore un bruit de festins et de violons, une *noce d'argent*, comme cela se dit à Amsterdam; noce qui a lieu d'ordinaire pour les époux, à l'expiration des premiers vingt-cinq ans qu'ils sont parvenus à passer ensemble. Dans les rues, dans les carrefours, sur les ponts, même mouvement, même bruit; la ville dégorgeait son peuple par toutes les issues. Le guide de Sarah ne donnait guère qu'une médiocre attention à ce tumulte. Il doubla le pas en passant devant l'hôtel-de-ville, qui venait alors d'être érigé en amirauté. Il rabattit même son chapeau devant la grille de fer de cet édifice massif, et ne s'arrêta qu'à l'angle d'une place où il demanda un cordier nommé Gaspar Stok.

— Hélas! cher monsieur, lui répondit une vieille femme qui habitait le *Fluweelen Burgwal,* hélas! le digne Stok est bien mort pour nous depuis long-temps; il a quitté, cher monsieur, le métier de cordier, et il a donné, depuis plus d'un an, son âme au diable. Il est.... il fait...

La vieille femme s'arma de trois grands signes de croix et marmotta un *ave.*

— A vous parler franchement, monsieur, reprit-elle, ce n'est guère qu'à minuit que vous pourriez lui rendre visite. Il habite loin d'ici, au Kalver-Straat.

— Du moment que je puis le retrouver, je dois encore rendre grâce à Dieu. Moi, qui jadis étais cordier, et fils de porteur de bière, ce dont je ne rougis pas, la mère, j'aurais voulu, avant tout, embrasser mon brave Stok. Quinze ans de sa vie, je l'ai vu servir en mer et envoyer de bonnes grappes de raisin ferré aux Anglais. Mais je n'ai pas le temps d'attendre, et j'en serai quitte pour lui écrire. Enseignez-moi du moins la demeure du docteur Ruysch?

— Au Kloveniersburgwal, mon cher monsieur.

Le personnage qui accompagnait Sarah doubla le pas, et ils aboutirent bientôt, à travers ce quartier populeux que l'on nomme aujourd'hui le *Marché-Neuf,* à un capharnaum de petites rues comme on en rencontre à Amsterdam, rues qui semblent faites, par leur silence, pour amortir le bruissement confus des autres. Ces sortes d'allées malsaines et humides forment contraste avec le reste de la ville par la manière négligente dont elles sont tenues. Les fiévreux et les malades y abondent, ce n'était peut-être pas indifféremment que la maison du docteur s'élevait à peu de distance. Si elle ne pouvait échapper à cette maligne influence du quartier, du moins devait-elle se voir protégée et comme assainie par les tilleuls en fleurs du quai, lorsque venait le printemps. La façade de cette maison était nette et propre, comme toutes celles de Hollande, incrustée de marbre et de médaillons en plusieurs endroits; évidemment elle était de construction très récente et portait sur le milieu de sa devanture, peinte en gris, le chiffre 1650. Un de ces miroirs extérieurs, nommé *judas,* qui sont d'usage à Amsterdam, comme dans quelques unes de nos villes de la Flandre française, pour refléter les passans, ressortait, à l'aide d'une branche de fer, de l'une des fenêtres du docteur, en faisant l'envie de tous les gens du quartier; car ces sortes de glaces, moins communes alors qu'aujourd'hui, provenaient de la manufacture établie par Louis XIV. Jusqu'à cette époque, la France et la Hollande n'avaient eu d'autres miroirs que ceux de Venise.

La porte du docteur, arrangée en forme de grotte et dans ce goût bizarre qui n'appartient qu'aux Hollandais, était surmontée de deux beaux coquillages magellaniques. Une double grille entourait ses bas-côtés; elle faisait presque face au *Théatre anatomique,* monument à tourelles de brique rouge que l'on voit encore à Amsterdam avec son inscription très philosophique : *Huc tendimus omnes*, surmontée d'un buste pourri d'Hippocrate. Une multitude variée de plantes et d'arbustes remplissait le vestibule sous lequel Sarah et son guide furent introduits. La servante qui vint leur ouvrir tenait encore en main les ustensiles de propreté dont la Hollande est si fière, et qui pourraient bien, en cas de révolution, devenir un jour ses armes parlantes; une éponge, un balai et une seringue à laver. L'air de tranquillité suave que respirait le seuil de cette maison ne parut troublé aux deux visiteurs que par la musique carillonnante et chagrine de deux horloges dont l'une chantait les heures et l'autre les trois quarts, avec le bruit que ferait la meule d'un moulin. Il est vrai que le docteur avait trouvé prudent de les placer dans un escalier, afin de n'être point interrompu dans ses études par leurs rouages incommodes. Elles surmontaient de magnifiques cadres de papillons et de plantes exotiques entremêlées de vers et de maximes latines. Au sommet de l'escalier, étaient suspendus des cadavres de phoques empaillés et des défenses de baleines. Le marin n'attendant pas qu'on l'annonçât, entra tout d'un coup dans la salle où se trouvait le docteur.

C'était la salle à manger, une salle hollandaise luisante comme un miroir, mais qui témoignait peu en faveur de l'appétit de son docte maître; elle n'avait aucune odeur de ragoûts. L'honnête professeur, assis devant quelques herbes crues, tenait un œuf entre ses doigts, qu'il laissa tomber sur un coquetier en verre fondu, à la vue de l'homme qui s'introduisait ainsi de lui-même chez lui :

— Michel ! s'écria-t-il; quoi, je ne me trompe pas! C'est lui, c'est bien Michel !

Le docteur, la serviette au cou, embrassait le marin de toutes ses forces; il le touchait, l'examinait et le retournait en tous sens comme un antiquaire observerait un *bombyceum* de Naples.

— Heureusement que j'ai déjeûné comme d'ordinaire avec des herbes et un œuf... Sans cela, Michel, la joie m'eût causé une indigestion ! Mais tu ne me réponds pas... Tu veux peut-être me parler en secret ? En ce cas, je vais dire à Rachel, ma fille, de distraire un peu la jolie demoiselle que tu m'amènes, et nous resterons seuls ici. Hé! hé! reprit le docteur en frappant la joue de Sarah, bien que Scaliger écrive quelque part : *Batavia insalubris et brevis ævi*, elle n'a pas l'air d'être malade, la chère enfant ! elle donne un démenti aux détracteurs de notre Hollande... J'espère bien qu'elle ne s'ennuiera pas avec Rachel pendant le temps de notre conversation...

Le marin, par un geste d'intelligence, remercia le docteur de l'avoir compris. Ruysch ouvrit alors le tour de la salle à manger, par lequel il appela Rachel.

— Voilà ma fille, ma seule fille, dit-il au marin quand elle parut. Tu excuseras sa toilette et ses mitaines tachées d'ocre jaune, mais elle était sans doute occupée à peindre ses fleurs. C'est un vrai talent que ma Rachel, continua Ruysch à l'oreille du marin; elle n'a jamais voulu quitter son père, pas même pour se marier. Allons, ma fille, embrassez Michel, mon ami et mon camarade d'enfance. Dieu soit loué, en voilà un dont je suis fier !

Ruysch allait sans doute continuer et nommer l'inconnu, quand celui-ci cligna de l'œil, comme pour le prier de n'en rien faire... Rachel

Ruysch, tenant encore sa palette à la main droite, alla recevoir un baiser des grosses lèvres du marin.

Rachel Ruysch, qui avait au plus vingt ans, portait l'un de ces costumes curieux dont Rembrandt affubla dans ce temps la plupart de ses figures. Ses cheveux, relevés comme ceux d'un jeune homme vers les tempes, étaient couronnés de la petite toque hollandaise dont le bariolage égaie le front ridé des vieux peintres; une écharpe de nuance sombre entourait entièrement son col, et une chaîne fort riche, à plusieurs tours, parait sa poitrine ; à cette chaîne pendait une large médaille, sans doute celle de la Société académique de La Haye, dont la belle Rachel faisait partie. La fille de Ruysch, ainsi vêtue, ressemblait presque à une magicienne sortant du temple; sa démarche avait cette dignité qui inspire le respect aux plus hardis.

Sans déposer le moins du monde ses pinceaux et sa palette, comme tout artiste préoccupé de son travail, elle entraîne elle-même la jolie Sarah, qui ne savait trop que penser de ce début de visite, mais qui brûlait déjà de voir les belles fleurs que peignait Rachel. Toutes deux sortirent; Ruysch demeura seul avec son ami.

— Que je te regarde encore, Michel ; est-ce bien toi ? toi, mon aîné, qui me protégeais à l'école de Leyde, et sur qui, depuis ce temps, j'ai fait tant de vers latins ? Je ne t'avais pas vu, monsieur le vice-amiral, depuis que tu partis pour la côte d'Afrique. Pendant la dernière expédition, j'étais à Louvain, à La Haye, que sais-je ? partout étudiant et enseignant, car c'est là notre art, écrasant à coups de brochures latines mes ennemis, comme tu coupes les bras à tes Anglais. Mais toi, vive Dieu ! tes exploits prendraient la vie d'un poète ! Tiens, veux-tu voir cette ode latine de ma façon sur ton attaque de Salé? Mais tu me parais triste, Michel ? .

— Je suis triste, Ruysch , parce que tu me parles de moi, dont personne ici ne devrait parler. Tu n'aurais, pour me faire rougir, qu'à prononcer aujourd'hui mon nom à la fenêtre de l'hôtel-de-ville ! Ne sais-tu donc pas que j'ai été battu avec Tromp ? battu par le nombre, mon pauvre camarade, écrasé par cette maudite flotte anglaise ; mais, patience ! il ne sera pas dit que la Hollande conclura, cette année, la paix avec ces gueux d'habits rouges ; ils m'ont tué trop de braves gens pour cela !

— Oui ; mais tu ne dis pas que tu leur as tué, à ton tour Berkley, ce dont, par parenthèse, ton ami Ruysch te remercie. Imagine-toi, Michel, que les états-généraux m'ont fait l'honneur de me choisir pour injecter le corps de ce vice-amiral anglais ! Beau présent, ma foi, qu'ils me faisaient là ! Quand je le reçus sur la table en marbre de l'amphithéâtre, je crus, à l'odeur seule du cadavre, que l'on m'apportait un pestiféré ! Vive Dieu ! tu pointes bien ! quel coup de boulet il avait à la poitrine ! Les états ont envoyé son corps à Londres, seulement sur la cage de verre qui le renfermait, tu me pardonneras, frère, d'avoir inscrit mon nom au dessous du tien !

— Tu fais vivre, Ruysch, tu fais vivre, et moi je tue ! chacun son métier. Le tien est noble, mon ami ; mais, par un temps de soleil, le mien est beau ! Toi qui as du cœur, toi que l'on a vu, pendant la peste récente de La Haye, porter les infirmes sur tes épaules , tu compr endras Ruysch, le chagrin de ton vieux Michel. J'étouffe dans cette ville, j'y suis mal à l'aise, mes pieds brûlent sur son pavé. Je voudrais, vois-tu, être déjà mort et soumis à ton scalpel !

— Console-toi, Michel ; tu as pour toi le passé, tes campagnes dans les Indes, tes victoires navales sur la Suède ; le roi de Danemarck t'a anobli, et tu es vice-amiral...

— Je suis le cordier Michel Ruyter, et rien de plus. Il vient de tomber de ma lèvre ce nom qu'hier encore j'aurais entendu le front levé, et sous lequel maintenant je baisse la tête... Battu, Ruysch, battu ! Et les chantiers d'Amsterdam n'ont pas tiré sur moi quand je passais, et je suis obligé de passer ici comme un fugitif ! Je suis une mauvaise corde pourrie, docteur, un câble à jeter au feu !

Il se promenait dans cette salle en faisant crier le parquet du docteur sous ses lourdes bottes. Ruysch prit la main du vice-amiral : elle était mouillée d'une sueur froide.

— Mais il ne s'agit pas de cela, reprit Ruyter ; il ne faut pas que j'oublie ma visite. Ce n'est pas pour m'attendrir que je suis venu, mais pour te prier de m'être en aide.

— Je t'écoute, mon bon Michel ; prouve-moi bien vite qu'un pauvre médecin peut être utile à un vice-amiral, autrement que pour injecter son corps et l'empailler pour son pays. Tu m'effraies ; aurais-tu la goutte ? Les nuits, dis-moi, doivent être bien fraîches en mer ? Te voilà vieilli et cassé encore plus que moi, mon pauvre Michel ! Pourtant je ne lis jamais mon Plutarque de collége sans penser au poing formidable qui distribuait de si rudes coups pour me protéger dans les kermesses. Tu es non seulement mon Oreste, mais mon Scipion, mon Annibal ! Console-toi... Lis Xénophon et la retraite des dix mille...

— Si tu parles toujours, je cours le risque de ne pas rejoindre de la semaine le port de Flessingue, où je suis mandé. Ruysch, cher Ruysch, je ne te demande rien pour moi, dont la première batterie anglaise ou française disposera au plus tôt, si Dieu m'exauce ! Ce que je te confie n'est pas mon corps, misérable sloop démâté, dont je fais fi, et qui ne vaut pas une bonne pipe de tabac ou une tonne de curaçao ; mais c'est un ange, Ruysch, un ange de jeunesse et de beauté, que je veux placer sous ta bonne et sainte tutelle. Cet ange, c'est Sarah ma fille, qui n'a jamais quitté la mer et le vaisseau qui me portait ; une enfant que j'ai vue grandir sur mon bord depuis seize ans, sauvée toujours et comme par miracle de la pluie des balles ; Sarah, que j'ai portée dans mes bras, toute petite, depuis Plymouth, sur ma belle frégate la *Danaé*, jusqu'à la côte de la Barbade, sur mon brik de la *Concorde !* Veux-tu bien, Ruysch, te charger ici de Sarah ?

Voulant alors couper court aux questions que le docteur allait sans doute lui adresser :

— C'est ma fille, ma fille à moi, dit Ruyter en se levant tout à coup de son siége. Je te la confie, Ruysch, non seulement comme à un ami d'enfance, mais comme au docteur le plus vertueux et le plus instruit d'Amsterdam. Entre Rachel et toi, l'âme de Sarah pourra enfin ouvrir ses ailes. C'est une colombe, docteur, qu'effarouchaient peut-être un peu trop les juremens et la vie de nos marins. Il est temps, vois-tu, qu'elle se pose à terre avec le rameau d'olive. Je pars, malgré nos revers récens, pour tenir encore la mer, et empêcher cette paix maudite que les puissances se sont déjà promis de négocier à Bréda. La paix, Ruysch, c'est la mort d'un marin! Tant que je vivrai, les lions de Hollande mordront les flots de l'Inde et de l'Angleterre ; car il faut que je vous revienne un jour grand-amiral ! Alors, je ne me cacherai pas comme aujourd'hui, je n'irai pas, en pauvre honteux, demander la maison du premier médecin de la ville, de l'homme auquel Pierre-le-Grand écrit chaque jour de si belles lettres en latin ! Non, mais bien plutôt nous nous promènerons ensemble, tous deux, par toute la ville. Ruysch, heureux docteur, que ne m'est-il permis de demeurer avec vous sous le même toit! Je verrais Sarah devenir belle et sage comme ta Rachel; je la verrais calmer, par la Bible et la retraite, sa pauvre tête, qui ne rêve qu'aventures! Tu le devines, docteur, les planches d'un navire sont un sol dangereux pour les pieds d'une jeune fille. Il ne faut plus, d'ailleurs, qu'elle reste à côté de moi, Ruysch, car cette fois, vois-tu, j'ai juré de me faire tuer.

Le vice-amiral, dont la voix était émue, continua après un moment de silence :

— Élève-la bien cette enfant, garde-la-moi! Le jour n'est pas loin encore où je la vis décolorée et tremblante dans la galerie dorée de mon vaisseau, que la flotte de Berkley battait en brèche. Elle priait Dieu et la Vierge, car sa mère était catholique ; Sarah priait; ô docteur, qu'elle était belle! Je me fais vieux, mais mon sang de jeune homme m'était revenu à la voir prier! Garde-la-moi donc, Ruysch, garde-la-moi! Songe bien qu'un jour Ruyter viendra la reprendre; il te la demandera comme un dépôt. Bon Ruysch, tu es le patron des délaissés et des pauvres ; je te confie Sarah, me la rendras-tu?

— Je te le jure, Michel, je te le jure sur notre vieille amitié, dit le docteur. Sarah ne trouvera dans ma maison que de bons et salutaires exemples. J'élèverai Sarah comme mon enfant, comme ma Rachel. O Michel! que je suis heureux! Maintenant j'aurai deux filles.

Le vice-amiral prit la main du docteur entre les siennes. Ainsi penchés, les deux amis s'embrassèrent.

— Maintenant je pars tranquille, tu m'as promis de me la garder et de me la rendre un jour. Plus tard, bon docteur, nous compterons. Je pars sans la voir, sans l'embrasser, car il est écrit qu'un vice-amiral ne doit pas pleurer, Ruysch. Je m'attendrirais, et je n'en ai pas le temps; il faut que je sois demain à Flessingue.

Il serra la main du docteur, et s'éloigna enveloppé de son manteau, qui le cachait jusqu'aux yeux.

II

La Maison du docteur Ruysch.

Malgré notre répugnance prononcée pour ces descriptions prolixes, qui ne tendraient à rien moins qu'à faire passer leur auteur pour un tapissier expert, nous sommes contraints de ralentir dès le début même la marche de cette histoire, pour initier le lecteur au lieu de la scène. Loin d'être parasites, ces détails préciseront mieux les accidens et les personnages de ce drame.

La maison du docteur Ruysch, dont nous venons d'entrevoir la façade, consiste en deux bâtimens distincts. Dans l'aile de briques rouges qui s'étend sur le canal, les fenêtres sont seulement figurées, peintes avec art et dans le but de faire illusion ; en réalité, il n'en existe qu'une seule, par laquelle passe un jour gris, presque intercepté par les arbres du quai, jour de méditation et de solitude. Ce long corps de logis, qui n'a qu'une fenêtre sur le canal et trois sur la cour intérieure, est le laboratoire de Ruysch. Là quelquefois, et vers minuit, on entend le bruit de quelques grains de sable lancés d'en bas contre cette unique fenêtre, à laquelle pend une poulie ; mais Rachel et Sarah, qui habitent la partie intérieure sur la cour, ignorent sans doute la cause de ce tintement nocturne. L'aile qui avance sur le quai forme une sorte de pavillon extérieur, dévolu en entier à Ruysch, qui a l'air de s'y être installé en sentinelle. Le milieu de la maison, qui regarde le nord, renferme son précieux cabinet d'anatomie. Un petit jardin semé de tulipes et de lis au long col, qui s'enlacent au milieu de buis en losanges, donne à la cour un air de communauté honnête et calme, parfaitement conforme à la tenue modeste du professeur. Près la porte du corps de logis qu'occupe Ruysch est suspendue une clochette, semblable à celle dont les peintres ne manquent jamais d'orner le porche des anachorètes. A la solitude habituelle de cette demeure, il est permis de présumer que la science et le travail l'habitent; mais son extérieur simple ne ferait jamais soupçonner les richesses qui s'y trouvent enfouies. Quelquefois des étrangers, des grands seigneurs curieux qui voyagent par Amsterdam, font arrêter leur carrosse devant cette maison ; à certains jours de l'année, ce sont de pauvres étudians à soutane râpée qui viennent de Leyde, ou encore de riches médecins à canne d'ivoire, en habit à la Louis XIV, et en perruque, qui ne ressemblent pas mal à Fagon. Au dessus du cabinet qui se trouve, nous l'avons dit, placé au milieu de la cour, cabinet précieux dont le docteur seul a la clé, sont gravés ces deux mots latins sur une tablette de marbre : VENI ET VIDE. Sous le vestibule on voit encore une chaise dans laquelle Ruysch se fait porter à l'amphithéâtre d'Amsterdam les jours de pluie, et un *narcslede*, traîneau de promenade réservé pour le temps des patins, char suranné que Gudule, la vieille servante, a prudemment enveloppé d'une toile de serge afin d'en garantir les peintures et les surfaces vernies. Ce traîneau est le seul meuble de récréation du docteur ; il est à côté de la loge d'un fort beau chien de Terre-Neuve, dont le professeur Tulp a fait présent, en 1660, à son bon ami et confrère Frédéric Ruysch.

Le quartier au sein duquel repose la maison est, nous l'avons dit, assez malsain ; mais ils le sont tous à Amsterdam. Les fiévreux de ce pays, les plus honnêtes gens du monde, y ont à la fois bonne figure et mauvaise mine, comme l'observait déjà, dès 1624, un certain chirurgien nommé Chalais, plaisant homme de sa nature, qui avait reçu mission de la Faculté de Paris d'examiner les écoles d'Amsterdam et de Leyde. Cette partie de la ville ne croasse guère près le canal qu'à midi. Au mois où se passe notre histoire, la neige pend aux branches du quai, et les nombreux apothicaires, transis de froid, qu'on y voit passer en manchons le dimanche, forment, avec leur nez rouge et leurs perruques, le plus bouffon contraste avec les baronnes d'Utrecht en robes à queue. Les épais bourgeois du Dam, leur plume fichée en guise de mât sur leur feutre, et quelques grosses paysannes venues d'Alckmaër avec leur riche costume, composent la meilleure partie de ce panorama habituel dont Sarah, du reste, ne peut rien voir, puisqu'elle occupe la chambre contiguë au cabinet d'anatomie qui donne sur la cour. Cette pièce ancienne

est lambrissée de panneaux de chêne, et n'a qu'un seul portrait pour tout ornement. A la nuit tombante, le docteur, en vieille robe de chambre de lampas orange, et tenant en main sa lanterne de corne, a soin d'y conduire processionnellement la jeune fille après le repas du soir. Chaque soir ramène aussi la même conversation : elle roule presque toujours sur le thé que fait Rachel et sur le tableau appendu à la muraille.

Ce portrait est celui d'une femme de trente à trente-trois années, la taille mince, les épaules arrondies délicatement ; sa main droite est gantée et appuyée sur une table à plis de velours. Vous remarquerez encore que sa tête demeure penchée en arrière avec une sorte d'aristocratie dédaigneuse. Au bas de cette figure, et sur la toile même, il y a quelques vers du poète hollandais Jean Vos, à la louange de cette belle figure.

C'est dans la chambre même de Sarah, et sans doute pour en égayer l'aspect triste et nu, que la compagnie se réunit pour prendre le thé du soir. Le docteur, ses rôties en main, garde ordinairement le silence et laisse causer entre elles, près la cheminée, les deux jeunes filles. Sa troisième tasse achevée, il prend d'habitude l'un des flambeaux de la table, et, se tenant debout, il promène quelque temps la lumière sur le grand cadre. Comme cette pièce est dégarnie depuis longues années, et que, par son ordre, on vient d'en nettoyer les boiseries pour l'installation de Sarah, chaque thé voit renouveler les doléances du docteur sur les gerçures et les glacis de fumée dont le temps et le feu de la tourbe ont noirci cette peinture. Ce portrait, signé de Vander Helst, est un vrai chef-d'œuvre.

— Et dire qu'il y a seize ans que cet excellent Barthélemi Vander Helst a peint cela ! Manière large, beau faire. Rachel, voici une dentelle qui s'écaille. Il faut sans doute que ce soit un empâtage. Veillez bien à cela, Rachel, veillez à cela ! Il y a seize ans que je n'étais entré dans cette chambre !... Seize ans, murmurait le professeur en promenant un regard triste sur chaque moulure de ce vieil appartement.

Pendant que la bouilloire de thé chante au feu, et que les deux jeunes filles se tiennent serrées près des tisons, le docteur continue :

— Seize ans ! Ah ! je vous ai donné ma plus belle chambre, mademoiselle Sarah ! il y a seize ans, chaque jour voyait venir ici Vander Helst avec sa palette. Il n'avait pas encore peint sa célèbre Constance Reïns !... Allons, mes colombes, il est temps de se coucher. Je vais passer ma nuit à écrire contre cet âne nommé Bilsius... J'aimerais bien mieux demeurer ici près de vous, et vous raconter de jolies histoires... Dormez bien, et lisez dans votre Bible, chère demoiselle Sarah ! la Bible et l'anatomie sont les seules choses véritables !...

Il se faisait alors éclairer par Rachel, non sans lever encore une fois les yeux sur le portrait... La petite lampe de Sarah et sa Bible à gros fermoirs devenaient de ce moment la seule distraction de sa tristesse. Appuyant, comme un beau cygne, son col onduleux sur l'une de ses épaules, la jeune fille écoutait encore une fois le bruit des verrous qui se tiraient et le frôlement de la robe de chambre du docteur contre les marches de l'escalier. Quand le carillon de l'église Occidentale tintait dix heures, les habitans de cette maison ou plutôt de ce couvent reposaient. Quelquefois il y avait un pas de fantôme dans le corridor, et ce pas faisait tressaillir Sarah... Pourtant ce n'était que la vieille Gudule qui venait jeter quelques brins de sarment au foyer de chaque chambre, comme une antique druidesse; cela fait, la servante détachait le chien de Terre-Neuve, ex-pensionnaire du professeur Tulp, et se couchait à l'autre extrémité de la maison.

A certaines heures de la nuit, et lorsque Sarah ne dormait pas, son oreille attentive surprenait pourtant quelques autres bruits dont la cause devait lui sembler indéfinissable. Ainsi en était-il de plusieurs craquemens étranges, d'éclats secs et sourds qui semblaient partir de la chambre attenante à la sienne, et qui n'était autre, on le sait, que le cabinet d'anatomie du docteur. Ces craquemens étaient brefs, et pareils au son que rend un meuble dont le bois travaille; souvent ils réveillaient en sursaut la pauvre enfant. Dans l'autre corps de logis, le laboratoire de Ruysch, où sans doute à cette heure le docteur devait dormir, les intervalles de bruit ou de silence étaient moins sensibles; parfois cependant et au milieu de la nuit, Sarah crut entendre des voix et le cri strident d'une poulie. Une invincible curiosité faillit l'arracher bien des fois à son lit; bien des fois, l'oreille collée contre la porte, elle éprouva le désir de pénétrer le secret de ces mystérieuses agitations. La vie nouvelle de Sarah chez le docteur formait un trop brusque contraste avec son ancienne vie, pour qu'elle ne regrettât pas sincèrement ses beaux jours de liberté! Au lieu de ce vaisseau, prison flottante, animée du moins par la variété des émotions, de ce vaisseau où le vice-amiral avait obtenu lui-même à grand'peine de la conserver près de lui sous d'autres habits que les siens, au lieu de ces combats, de ces victoires, de ces scènes toujours neuves, la jeune imagination de Sarah n'avait plus devant elle que les quatre murs d'une cellule; souvent elle rêvait qu'elle avait pris le voile et s'était faite religieuse. Elle se demanda plus d'une fois comment son père, l'homme qui l'avait bercée et protégée de son corps à travers tant de hasards et de périls, celui dont sa main timide avait touché si longtemps le bras de fer, avait pu se résoudre à la quitter, à l'abandonner ainsi! car il ne l'avait pas seulement baisée au front, il ne lui avait pas dit : Adieu, ma fille! Il était parti sans une larme, cet homme, ce père qui pourtant l'aimait! — Comment s'expliquer son abandon et le choix de cette demeure? N'y avait-il donc que le docteur Ruysch dans Amsterdam, auquel Ruyter pût confier une jeune fille? et combien de temps allaient durer cet exil et ces verroux?

L'ennui de Sarah s'accroissait donc en raison de sa vie nouvelle; tout le monde, à l'exception de Sarah, était occupé dans cette maison : le docteur de son état, la vieille Gudule de la tenue des chambres, Rachel Ruysch de la peinture de ses fleurs. Rachel, par cette bonté ingénue et comme innée aux dignes demoiselles (*freulen*) de la Hollande, ne pouvait tarder à devenir la confidente de Sarah; la nature de Rachel ressemblait à ces rivages inclinés qui pompent la rosée et le soleil, rivages bienheureux, que le flot las et battu cherche de lui-même; Rachel était au monde pour pleurer des pleurs des autres, pour compatir, écouter. Régulièrement belle, mais sans aucun charme mobile de physionomie, belle par la sereine fraîcheur de son teint, et par cette espèce de tranquillité douce qui n'appartient qu'aux figures d'Harleëm ou d'Alckmaër, la fille de Ruysch, heureuse esclave de la règle en cette maison, n'avait pas d'autre plaisir que de préparer à son père les plantes et les fleurs que l'anatomiste soumettait lui-même à une dissection raisonnée. Élève de Guillaume Van Aelst, si elle peignait admirablement les fleurs, je n'oserais pas affirmer qu'elle n'en tournât pas moins, de temps à autre, le vers latin très glorieusement pour son sexe. Ces sortes de natures demi-femme, demi-docteur, n'échapperont à aucun de ceux qui connaissent la Hollande ; à vingt ans, une fille hollandaise est souvent un composé de Scaliger le poète, et de Van-Huysum le peintre ; non contentes de peindre des fleurs, beaucoup écrivent des vers dans la langue d'Heinsius. La modestie et la simplicité, ce précieux manteau de la science, comme a dit quelque part saint Augustin, remplaçaient, chez la fille de Ruysch, l'orgueil qu'eût donné sans doute à toute autre femme une éducation aussi parfaite. Elle peignait ses fleurs avec amour, et comme une jeune fille qui ferait elle-même le portrait de son premier amant ; car pour une nature indolente et douce comme celle de Rachel, ce paradis de fleurs en serre chaude nommé la Hollande était son unique amour. Tous les ans, elle ne manquait pas d'aller, quelque temps qu'il fît, à l'exposition des fleurs d'Harlem ; elle y faisait sa provision, et à son retour, elle garnissait de nouvelles guirlandes chaque rampe en fer des escaliers ; ces belles rampes dont la propreté hollandaise est si jalouse. Les hymens variés de ces plantes aux mille noms préoccupaient sérieusement Rachel, elle ne dormait pas avant de leur avoir donné un nom, les unes portaient celui de Maria, d'autres de Catherine, de Constance, de Nella ou de Gabrielle. Rachel demeurait dans son atelier la plus grande partie du jour ; elle ne voyait qui que ce fût au monde hors la vieille Gudule, son père, et Reynier Graaf, l'ami intime de Ruysch, le seul homme que le docteur reçût chez lui. Assise dans un de ces grands fauteuils à tapisserie dont Terburg a tant de fois reproduit le tissu dans ses peintures, vous l'eussiez surprise le front penché sur quelque bouquet dont elle mariait les couleurs et les nuances avec ses doigts effilés comme ceux d'Ophélia. Si Rachel eût voulu suivre des pensées d'ambition, la faveur ne lui eût pas manqué, quelques uns de ses tableaux avaient été remarqués par l'électeur palatin Jean Guillaume, qui devait plus tard la nommer peintre de la cour de Dusseldorf, vers le milieu de sa carrière. Un jour, ce prince lui écrivit une lettre qu'il accompagna d'une toilette complète en argent ; cette toilette se composait de vingt-huit pièces, à laquelle il ajouta six flambeaux du même métal. Au temps de notre drame, bien que Rachel n'en fût pas encore arrivée à ce comble d'honneur, la Hollande l'avait déjà pourtant distinguée. La Société académique de La Haye était venue elle-même au devant de la fille de Ruysch, laquelle lui donna pour sa réception un tableau fort précieux : il représentait une rose blanche, une rouge, une plante de chardon et d'autres fleurs. Rachel Ruysch, pour toutes ses esquisses, ne consultait que la nature. Ses fleurs et ses fruits se faisaient remarquer non seulement par l'habileté de l'arrangement et du contraste, mais encore par le choix qu'elle en faisait elle-même en amateur difficile. Elle ne sortait guère qu'avec répugnance de cette petite chambre nette et polie dont Gudule frottait chaque matin avec tant de persévérance les anneaux, les gonds, la serrure et les chenets. Ainsi qu'une plante sujette elle-même aux influences du climat, Rachel était heureuse ou triste suivant le temps qu'elle entrevoyait, pour la journée, à travers la vitre en losanges de sa fenêtre. Venait-il un de ces gros nuages que chasse le vent de nord-ouest, un de ces nuages qui éclatent en grêle et en pluie sur les écluses, la fille de Ruysch avait la tête inclinée ce jour-là comme ses fleurs, elle baisait au front cette famille de reines-marguerites, d'œillets, de jacinthes, menacés dans son petit jardin par la tempête. Ces jours-là, elle descendait mélancolique les six marches qui la séparaient de la salle à manger du docteur, et ne touchait presque à aucun des mets. Le soir, elle rentrait chaque plante dans sa chambre, elle les abritait, et les surveillait comme une bonne mère, allant jusqu'à se lever la nuit pour interroger leur abattement et leur pâleur. Tout au contraire, et quand les boutons dorés de chaque rose saluaient un beau soleil, quand elles se balançaient à sa fenêtre avec de vifs frémissemens sur leurs tiges humides encore de rosée, Rachel relevait le front comme une vierge orgueilleuse, elle parlait de mille choses au déjeûner du docteur ; sa joie et sa journée étaient complètes. Cet amour se suffisait à lui-même, il ne marchait que sur l'herbe des prés et fuyait le pavé des villes ; il était frais et pur, comme le cœur même de Rachel ; devant lui avaient échoué les prétentions galantes et les sottes demandes des gens de la ville. Tous se trouvaient humiliés de la préférence que les œillets et les jonquilles obtenaient sur eux.

Seule fleur de cette maison, Rachel, en devenant la mère de tant de fleurs chéries, s'était, comme Marie de l'Évangile, réservé la meilleure part ; car après tout, sans cet amour et ces odorans parfums, sa vie de jeune fille eût été bien triste ! Le travail du docteur Ruysch, lequel achevait en ce moment la collection première de ce magnifique cabinet qui devait être vendu au czar Pierre-le-Grand, répandait sur cette maison une teinte de mystère et de mélancolie réelle. Promu en 1665 à la chaire d'anatomie d'Amsterdam, Ruysch poursuivait déjà en effet avec un acharnement infatigable ses études et ses découvertes. Peu content d'avoir terrassé Bilsius, surpassé Van Hoorne et Deleboé, ses maîtres, d'avoir été plus loin dans l'injection des corps que Swammerdam, chez lequel l'illuminisme de la Bourignon tua la science, le laborieux docteur, par un de ces instincts qui n'appartiennent qu'aux hommes de génie, avait compris qu'une halte dans ce système suffirait peut-être pour le perdre ; il allait toujours en avant sans s'inquiéter de Bidloo, son rival, qui cherchait à l'arrêter. Les avantages de sa méthode étaient si clairs, les services qu'il rendait à l'anatomie si palpables, ses découvertes si belles et si neuves, qu'il ne faut pas s'étonner que cet homme simple, ce professeur modeste, exempt de vanité et d'intrigues, ait été d'abord violemment décrié. Le seul biographe qu'ait eu Ruysch, le docteur Frédéricus Schreiber, biographe trop avare de détails malheureusement, et qui d'ailleurs a écrit en latin le système de Ruysch, plutôt que sa vie, ne se fait pas faute d'énumérer cependant les persécutions odieuses que l'envie et l'impuissance en révolte firent éprouver à Ruysch. Non seulement Bidloo se vantait d'avoir, bien avant lui, émis le secret de préparer et de conserver les cadavres, mais il l'appelait encore en latin, boucher subtil, *lanio subtilis*. Ce Bidloo ayant un soir, dans sa rage, vu chez Ruysch un petit enfant de douze ans admirablement conservé grâce aux injections miraculeuses du professeur, ne manqua pas d'écrire que c'était un enfant tué et écorché par lui. Cet homme aimait mieux accuser Ruysch d'un crime que de confesser un prodige. Inaccessible à ces vaines criailleries, Ruysch, le scalpel en main, n'en démontrait pas avec moins de succès chacune de ses pièces anatomiques : ses injections étaient si heureuses qu'elles parvenaient jusqu'aux ramifications des vaisseaux les plus déliés. A la consistance de ces préparations il joignait la souplesse et la couleur : cet homme de génie irrigeait ses cadavres, comme la Hollande irrige son sol ; sous ses doigts semblait rebattre chaque artère. Il faut avoir vu comme nous, après deux siècles, ces immenses baignoires de cristal dans lesquelles l'alcool conserve encore intactes les démonstrations savantes de Ruysch, pour comprendre quel pas avait fait la science esclave de ce novateur instruit. Le secret de Ruysch garantissait de la corruption ; l'adresse de son génie était extrême, les membranes les plus déliées, les vaisseaux, plus fins que des fils volans d'araignées, étaient à jour. L'anatomie ne portait plus avec elle ce dégoût et cette horreur qui ne peuvent être surmontés que par une grande passion ; le czar Pierre-le-Grand lui-même voulait à toute force devenir anatomiste. Souvent entre quatre et cinq heures, au coup de cloche du dîner, et quand l'honnête M. Ruysch allait se mettre à table, un homme en habit galonné dînait près de lui : cet homme c'était le czar Pierre. Quand Ruysch passait le dimanche pour se rendre au Jardin-des-Plantes à Amsterdam, chaque bourgeois ôtait devant lui son chapeau, comme devant un bourgmestre. En ce temps, et dans cette ville, il n'était pas rare, en effet, de voir la médecine honorée à l'égal de la magistrature ; souvent même un médecin cumulait avec son emploi les fonctions du magistrat. De là, sans aucun doute, une plus grande considération pour la médecine ; de là une confiance et une estime toute particulière à l'égard de l'homme assez docte et assez probe pour être à la fois un citoyen courageux et un savant utile. Nicolas Tulp, par exemple, le même dont Rembrandt nous a conservé les traits, fut à la fois conseiller, échevin et médecin de sa ville. Amsterdam lui dut alors des lois de police et des cures excellentes. Ce fut Tulp qui fonda en cette ville même le collége de médecine, et qui y donna, pendant plusieurs années, des leçons d'anatomie. En 1672, et le jour de sa nomination à la place d'échevin d'Amsterdam, Tulp ouvrit son cabinet à tous les infirmes, et il les traita, huit jours durant, sans exiger aucun honoraire ; en 1672, il célébrait encore, par un repas solennel, la cinquantaine de sa magistrature. Ruysch, parmi beaucoup de bonnes choses qu'il avait adoptées de son ami Tulp, son plus cher confrère, ainsi qu'il l'appelait dans ses lettres, lui avait pris son emblème, une chandelle allumée avec cette devise : *Aliis inserviendo consumor*. La vie de Ruysch se passait, en effet, à être utile aux pauvres et aux souffrans ; sa sobriété bien connue allait jusqu'à ménager ses honoraires pour en affecter la meilleure partie à l'établissement des Enfans-Trouvés d'Amsterdam, dont la ville l'avait nommé le parrain. Ses instructions aux pauvres paysans de la Nord-Hollande qui s'en venaient le visiter étaient fort simples ; il leur donnait le même conseil qu'aux riches : *Usez et n'abusez pas*. Ce fut lui qui s'écria en mourant qu'il laissait deux grands médecins après lui, la diète et l'eau rougie. Chacun l'aimait et le respectait, même ses adversaires, envers lesquels cependant l'ardeur de la controverse lui fit souvent écrire des invectives un peu fortes en latin. Mais le latin et la médecine soufflent ces orages violens au cœur du plus honnête praticien du monde. Outre les fonctions de médecin de la ville et de professeur en chef d'anatomie, le tribunal d'Amsterdam l'avait chargé de l'inspection de ceux qui avaient été tués ou blessés en querelles particulières. Au temps de notre histoire, les duels étaient, comme on sait, fort communs à Amsterdam.

A cette époque, le docteur s'occupait donc sérieusement de son cabinet.

Il en était aussi à ce temps de tâtonnemens et d'épreuves par lequel les plus habiles doivent passer. Il en était aux brochures amères de Bidloo, aux récriminations violentes des médecins, et à la veille d'un grand nom.

Toutes choses qui eussent peut-être expliqué comment il n'ouvrait qu'à la lune la fenêtre de son grand laboratoire, dont à coup sûr il ne sortait pas de la journée...

III

Événemens.

Le docteur, préoccupé de ses études, ne pouvait être long-temps un geolier bien rigoureux pour Sarah. Sarah obtint d'aller le dimanche à la messe accompagnée de Rachel : le docteur Ruysch, digne protestant, n'y trouva rien à redire. Il la prenait parfois sur ses genoux et la faisait sauter comme un enfant, il l'aimait et l'appelait des plus jolis noms possibles en latin et en hollandais.

L'honnête M. Ruysch était professeur avant tout, et ce mot de professeur implique nécessairement l'idée de distrait. Il venait d'ailleurs, cet hiver-là, de recevoir une visite à laquelle tout bon Hollandais doit s'attendre ; la goutte avait un beau jour frappé à sa porte. Avec la meilleure volonté du monde, il eût été impossible que les pauvres jambes de Ruysch suivissent régulièrement cette jeune gazelle. Il confia donc à Rachel tous ses pouvoirs et se démit sur sa fille du soin de ce précieux fardeau.

La surveillance de Sarah fut d'abord pour Rachel une religion. Il n'avait pas fallu un bien long examen à la fille de Ruysch pour se convaincre du caractère aventureux et impatient de Sarah. Ennemie de toute contrainte, pleine de franchise et de vives fantaisies, jeune, et livrant à qui la voulait la clé de son âme, Sarah plut à Rachel tout en effrayant ses scrupules, elle lui plut par les dangers même d'une telle éducation. Ce contraste d'idées et de nature avait un charme de nouveauté pour Rachel; c'était une fleur comme elle n'en avait jamais vue, jeune et belle fleur ouvrant sa corolle pourpre au soleil, aspirant les parfums et les douces brises. Après tout, Sarah n'avait que les défauts d'un enfant : une curiosité insatiable, une fièvre ardente de voir. La vie qu'elle avait menée à bord ou dans les possessions hollandaises avait donné à sa jeune impétuosité l'attrait d'une nature tout étrangère, elle était aussi bien une jolie demoiselle de l'île de Formose, qu'une Hollandaise; à l'envisager de près, elle n'avait même rien des filles du pays. Sa peau légèrement brunie était celle d'une Anglaise, ses cheveux noirs recouvraient ses joues rosées par le plus vif incarnat. Tout était jeunesse et santé dans Sarah : la ravissante pureté de ses épaules, la fraîcheur de sa bouche et de ses dents, la légèreté de son pas, la mélodie de sa voix. Le sang colorait ses joues au moindre mot ; elle sautait, riait, bondissait; ce qu'elle voulait était sacré ! Le docteur Ruysch l'appelait son démon ; il avait fini par l'aimer comme sa fille. Quelquefois le bon docteur se surprenait lui-même la tête dans sa main, regardant Sarah sans pouvoir s'en détacher, comme s'il eût été cloué devant ce parfait chef-d'œuvre de la création ! Un jour que Rachel rentrait, elle le surprit noyé de larmes dans la chambre même de Sarah. Ruysch avait attendu une demi-heure sans les voir revenir toutes deux. Il embrassa Sarah avant Rachel. Ce jour-là il n'était vraiment pas distrait, il tenait en main une lettre de Ruyter, avec un petit coffret de graines et de plantes, que le vice-amiral lui envoyait. Ruysch était un de ces hommes dont l'âme, descendue des hauteurs de l'intelligence, avait toutes les joies et toutes les larmes d'un enfant. Il était pieux, sévère à lui-même; depuis la mort de sa femme, il n'avait jamais logé chez lui qui que ce fût, hors cette dame de qualité dont le portrait peint par Vander Helst figurait dans la plus vieille chambre de son logis. En consentant à se charger de Sarah, il avait tout refusé du vice-amiral : il donnait aux pauvres les quartiers de pension que Ruyter s'obstinait à lui faire tenir par le banquier Hals, banquier de l'amirauté.

L'hiver arrivait à propos pour rompre la règle austère de cette maison. L'hiver, pour la Hollande, c'est le signal des joies et des fêtes. Il faut avoir vu ces *narcslede* ou traîneaux, les uns tirés par un cheval richement caparaçonné, d'autres poussés à la main par un valet, dessiner sur les lacs ou les canaux glacés mille paraphes fantastiques, pour se faire une idée de ces Longchamps luxueux qui en 1660 faisaient surtout fureur à Amsterdam et à Haarlem. La jeunesse la plus considérable faisait assaut de luxe et de folie dans ces joutes magnifiques. Le canal vis-à-vis la maison de Ruysch était couvert de traîneaux et de patineurs. Outre que la paix avec la France amenait alors à Amsterdam un grand nombre de curieux et d'étrangers, le bon plaisir de Louis XIV y avait jeté par contre-coup certains jeunes seigneurs dont sa politique ou sa justice avait à se plaindre. Les costumes d'hiver les plus galans et les plus riches paraient les acteurs principaux de la scène qui allait se passer. Les maîtres, devenus cochers, conduisaient eux-mêmes leurs chevaux couverts d'une longue peau de tigre, et porteurs d'aigrettes auxquelles pendaient de longs croissans et des platines d'or à armoiries. Les plus jolies filles de Hoorn et d'Enckhuysen, coiffées de leur béguin blanc orné de fleurs noires à broderie, fières cette fois de leur charmant corset d'indienne dont les manches descendaient en larges bandes de dentelle jusqu'au poignet, donnaient la main sur le canal aux plus brillans cavaliers de la ville, allant ainsi sur la glace jusqu'à trente de suite, et se tenant par le bras en exécutant chaque volte avec une prestesse remarquable; vous eussiez dit de loin un vaisseau qui louvoyait. Le costume des paysannes du Rhynland qui n'avaient garde de manquer à cette fête, ne le cédait en rien à celui des hommes; il consistait pourtant en une coiffure ronde et unie avec une large dentelle collée sur le front, une basquine étroite, et une multitude de jupons en diverses couleurs tranchantes. Mais cette coiffure, simple au premier coup d'œil, devenait précieuse par les accessoires : ainsi en était-il de la lame d'or pur passée en demi-cercle derrière leur tête, et venant aboutir aux tempes; la touffe de leurs cheveux était aussi nattée avec des poinçons d'or à la tête de perle. Leur petite calotte piquée de fleurs d'or brodées, leurs plaques d'argent et leurs pendans d'oreilles les faisaient ressembler sur cette glace à un riche buffet d'orfèvrerie, quand elles se reposaient par instans pour reprendre des forces et recommencer leur course hasardeuse. Les laitières, leur cruche sur la tête, allant et patinant avec une dextérité merveilleuse, n'en avaient pas moins aux bras et au cou des colliers de corail ou de perles orientales, luxueuses en cela autant que les dames de la ville. Des mascarades grotesques avaient aussi de bonne heure envahi le canal, au grand amusement des gens du quai, auxquels les plus hardis ne manquaient pas d'envoyer de temps à autre d'énormes boules de neige. Ceux qui ont eu le bonheur de voir comme nous les esquisses turbulentes de François Breydel, élève de Rysbrack, peuvent se faire une idée plus précise de ce tumulte. Au milieu de ces traîneaux de différentes figures, les uns en forme de coquille, d'autres en cygne ou en oiseau, un hourra général de gaîté venait d'accueillir celui du pauvre docteur; ce traîneau ne démarrait pas de la glace, malgré Reynier Graaf qui le poussait lui-même en personne par derrière, avec ses patins. Ce *nareslede* de famille, vieux et lourd, n'avait aucun cheval et devait être poussé à la main; il ne contenait que Rachel et Sarah, qui, dans cet embarras risible, n'avaient pas tardé à remettre leur cachant de velours noir sur leur visage. A l'instant même, un homme de belle apparence et de haute taille, ayant coudoyé et fait choir Reynier Graaf sur la neige aux applaudissemens des spectateurs, poussa le traîneau comme un trait.

Le docteur, qui se trouvait en ce moment-là à sa seule fenêtre, celle de son laboratoire qui donnait sur le canal, fit un mouvement de stupeur en voyant cet homme.

Il glissait toujours avec une nouvelle adresse, il poussait le traîneau avec son bras et ses patins, l'arrêtant lui-même, puis se reposant et décrivant alors, à côte du char, des losanges, des fleurs et des rosaces merveilleuses. Radieuse et fière, Sarah avait elle-même ôté son masque pour jouir de son triomphe. Quant à Rachel, elle contemplait le nouveau venu avec une sorte d'anxiété.

Son costume était des plus élégans, il se composait de broderies d'or et de dentelle. Un instant, et comme pour reprendre haleine, il ôta son feutre et s'éventa avec sa plume.

C'était un homme jeune et robuste, bien fait de sa personne et le regard assez hardi pour en imposer à tous. Une espèce de valet, en pourpoint fané, le suivait, celui-là portait une rapière dont le cavalier venait de se dessaisir, afin d'être plus leste en son nouvel exercice.

Les paroles qu'il échangea, durant le temps de cette course rapide, furent à peine entendues de Rachel; quant à Sarah, elle se vit tentée plus d'une fois, en les entendant, de rabaisser encore une fois son masque. Le chevalier affectait de vanter la coiffure à toquet d'argent de Sarah, ses fourrures, son petit pied.

— Car vous n'êtes pas Hollandaise, ma belle demoiselle; ce n'est pas par le pied que brillent nos patineuses. Foi de gentilhomme, et aussi vrai que j'ai perdu cent pistoles, hier, au verkeeren (1), je vous jure que le digne M. Reynier Graaf n'est pas fait pour vous pousser. C'est un malotru auquel, si vous le voulez bien, je couperai, dès ce soir, les deux oreilles.

Il échangeait déjà un regard d'intelligence avec son valet comme pour lui demander la rapière qu'il portait. Mais le prudent Reynier Graaf avait disparu; il était sans doute allé rejoindre le docteur.

Le cavalier, confiant le soin du traîneau à son suivant, offrit bientôt sa main aux deux demoiselles, qui sautèrent comme deux biches sur le quai. Durant le trajet, qui fut très court, le jeune homme trouva moyen de dire à Sarah mille choses flatteuses, mais à demi-voix cependant, et

(1) Jeu, trictrac renversé.

sans que Rachel l'entendît. Sur la demande que Sarah lui fit de lui dire son nom, il n'hésita pas à répondre qu'il était le chevalier Castelneau, gentilhomme français, fixé en Hollande depuis quelques mois.

L'homme qui l'accompagnait, et qui demeurait toujours porteur de sa longue épée, faisait écarter le monde devant lui avec des airs de dignité tragique, pendant que son maître le chevalier fronçait majestueusement le sourcil devant les badauds.

Ce curieux personnage attirait encore plus que le chevalier de Castelneau les regards de la foule. Composé grotesque des étoffes les plus disparates, sa mise tenait à la fois de deux professions bien distinctes assurément, du marin et du croquemort. Un crêpe démesuré pendait à son feutre à larges bords, et une ceinture rouge à gros plis serrait son ventre rebondi comme celui d'une *schuyten* (1) de Hollande. Ceux d'entre les bourgeois du quai de l'Amstol, qui semblaient le reconnaître dans cette multitude joyeuse, s'en éloignaient prudemment après qu'ils se l'étaient montré du doigt comme un excellent convive à table il est vrai, mais dangereux dès qu'il se tenait sur son séant. Il est vrai que l'homme en question les coudoyait un peu dans sa marche irrégulière ; Gaspard Stok (c'était le nom de l'individu), outre maintes capacités qu'on lui savait, avait celle de contenir cinq grands brocs de Kermis bier (2).

Sarah, qui avait accepté le bras du chevalier pour s'en revenir, écoutait en souriant ses paroles mielleuses... Elle trouva une bague au petit doigt de son gant fourré lorsqu'elle se déshabilla le soir ; elle déposa cet anneau sur sa toilette. Il était d'un beau travail, et armorié comme un cachet. Sa devise portait *fide e zelo*. La conversation de l'inconnu avait tellement occupé Sarah qu'elle ne s'était point aperçue de ce malicieux cadeau.

La nuit venue, Sarah, ne pouvant dormir, crut entendre le grincement de la poulie du docteur. Elle criait tristement, comme une de ces machines nommées *grues*, qui soulèvent dans nos ports de mer les plus lourds fardeaux. Sous la fenêtre du quai il y avait un bruit de voix inaccoutumé ; le chien du professeur Tulp y répondait par de sourds gémissemens ; les grains de sable dont nous avons parlé, et que lançait sans doute sur le quai même une main connue de Ruysch, tintaient contre la fenêtre du docteur. La curiosité naturelle de la jeune fille s'était accrue par la rencontre mystérieuse de la journée ; le donneur de bague planait comme un fantôme sur ses rêves.

Sarah, s'étant levée prudemment, commença d'abord par chausser de larges pantoufles destinées, en Hollande, à préserver les appartemens de la poussière ou de la boue que ne manquent guère d'apporter les visiteurs, elle engouffra ses jolis petits pieds dans ces mules qui se trouvaient à la porte même du cabinet de Ruysch. Les molles clartés d'une lune d'hiver éclairaient seules la double fenêtre du laboratoire, à travers laquelle Sarah, blottie contre un tulipier de la cour, vit fort distinctement une bière de bois qu'enlevait le croc de la poulie. Le docteur avança le bras et fit glisser le fardeau, avec précaution, sur une table préparée pour le recevoir. Bientôt après il se fit un grand bruit sous la fenêtre. Des gens ameutés, sans doute, contre le docteur, criaient et

(1) Barque.

(2) Espèce de grosse bière qui ne se boit que pendant les kermesses.

l'appelaient voleur de cadavres. En un instant cette maison, d'ordinaire si paisible, était sur pied. Ruysch lui-même, bien auparavant que Rachel et Gudule ne fussent réveillées, était descendu patriarcalement, sa lampe en main, pour apaiser le tumulte. Dans le vague d'idées qu'une telle émeute devait lui causer, Sarah prit machinalement le premier escalier venu, afin de voir d'en haut ce spetacle étrange, auquel le désordre très grand de sa toilette lui interdisait de se mêler. L'endroit auquel aboutit sa course haletante était le laboratoire du docteur lui-même, ce laboratoire ou amphithéâtre dans lequel elle n'était jamais entrée. Un homme que Sarah reconnut fort bien pour le suivant du chevalier Castelneau se trouvait alors monté à deux genoux sur la bière et enlevait son couvercle avec des pinces de fer. La stupeur de Sarah fut inouïe quand elle vit peu à peu se lever un homme de cette grande bière de bois; cet homme était le chevalier Castelneau...

Les torches qui couraient le quai n'avaient pas encore envahi la cour de Ruysch. Il avait suffi d'une seconde au valet du chevalier pour remettre le couvercle en place.

— Sauvez-moi, mademoiselle! s'écria alors le chevalier, sauvez-moi, je ne venais ici que pour vous! Toi, Gaspar Stok, demeure, tu recevras les émeutiers et leur parleras en mon nom. L'essentiel c'est qu'il n'y ait point ici de cadavre! Sarah, belle Sarah, vous sauvez Ruysch en me sauvant!

Le tumulte continuait sur le quai; mais l'apparition vénérable du docteur Ruysch empêchait ce peuple stupide et grossier de pénétrer dans sa cour. Sarah prit au hasard la main de Castelneau et le conduisit à la chambre même qu'elle occupait en faisant mille détours.

— Demeurez ici jusqu'au jour, monsieur, il ne vous sera rien fait. Vous êtes mon prisonnier et je vous garde sur parole.

Elle garda la clé et ferma la porte à triple tour. La foule avait envahi cette maison et faisait déjà fléchir, sous son poids énorme, l'escalier de bois qui conduisait au laboratoire de Ruysch. Seul dans cette grande pièce sombre, Gaspar Stok, assis auprès de la bière dans laquelle il apportait d'ordinaire des corps à Ruysch, avait l'air d'un chapelain qui veille un mort. En un clin d'œil, vingt bras furieux et armés de pioches s'étaient levés sur la bière. Ruysch, pâle de sueur, attendait l'issue de cette scène avec une anxiété visible.

— Ne savez-vous point, misérable tas d'ivrognes, s'écria Gaspar Stok, que c'est mon commerce à moi que de faire des bières au Kalver-Straat?

Quelques uns baissèrent la tête en signe d'assentiment; c'était en effet le métier de Gaspar Stok.

— Eh bien! reprit-il, allez vous coucher, vous sentez le genièvre et la pipe. Ceci est une bière neuve que j'apportais à M. Ruysch.

Il retourna la bière dans tous les sens et la leur fit voir. Ce long troupeau d'hommes demeurait muet et confus. C'était pour la plupart de pauvres gens du peuple abrutis ce jour-là par le vin et les liqueurs. Le peuple d'Amsterdam est peut-être le plus facile de tous à soulever ou à calmer, après le peuple de Naples. Impérieux à l'extrême, il arbore au matin le drapeau devant lequel il viendra le soir faire sa soumission. C'est lui ce peuple brutal, que vous voyez si animé contre le sang des de Witt qu'il coupe leur corps en pièces et s'en partage les morceaux, lesquels se vendent plus cher le second jour que le premier à ceux qui n'ont point assisté à cette boucherie : mais c'est lui aussi qui recule devant l'éloquence d'un bourgmestre de Leyde, dans une famine où les factieux levaient la tête.

— Habile docteur, grand docteur, dirent-ils à Ruysch, qui demeurait encore hébété de crainte, excusez-nous; votre élève Bidloo nous avait dit que vous dépeciez des corps humains. Il n'y a pas de jours, voyez-vous, qu'il ne nous meure quelqu'un dans Amsterdam, depuis quelque temps, au quartier des juifs, au Kalver-Straat et au Dam. Les uns disparaissent en ayant pris leur épée pour aller se battre; d'autres sont assommés le soir dans les rues. Nous sommes coupables, nous le savons, c'est Bidloo et quelques autres qui nous avaient trompés.

— Retirez-vous donc! cria Gaspar Stok d'une voix de tonnerre, retirez-vous, car M. Ruysch veut dormir. Allez jouer au jeu de la crosse, par cette belle nuit de gelée. Je fais vœu de coucher ici tout de son long, dans cette bière, le premier qui résisterait!

Gaspar Stok n'était pas un de ces hommes dont le poignet dément la parole. C'était un gaillard rond comme la boule qui couronne le palais du Dam. ses bras étaient deux marteaux.

La foule dissipée, Rachel et Sarah, qui n'avaient pas quitté le lieu de la scène, soutinrent le docteur, que cette espèce de tragédie populaire avait violemment ému. Le silence revint bientôt assoupir chaque écho de cette maison. Gaspar Stok, voyant le docteur chanceler, tira de sa poche un cordial auquel Ruysch eut recours. Gaspar Stok, le faiseur de bières, fut cette soirée l'unique médecin de Ruysch. Le bon docteur n'éprouvait plus qu'un désir, c'était de savoir ses deux filles sous l'aile du sommeil après une telle alerte. Castelneau avait avoué à Sarah la ruse dont il s'était servi, et en définitive cette ruse, au lieu de perdre Ruysch, l'avait sauvé; l'innocence du docteur était un fait avoué par la foule. Ruysch, surmontant sa goutte et dissimulant ses souffrances, marcha devant sa fille, la reconduisit dans sa chambre, et assista même à son coucher.

— Je te rendrai cela, Bidloo, je te rendrai cela en brochures et en coups d'ongles, murmurait le bon Ruysch (rancuneux comme tous les professeurs et les latinistes); je te charge, Stok, d'en instruire toi-même, demain, la chambre des bourgmestres!

Le docteur voulait écrire contre Bidloo cette nuit-là même, mais Stok lui représenta qu'il ne ferait qu'augmenter l'accès de sa goutte. Gaspar Stok tenait la lanterne du docteur qui reconduisait Sarah.

Ils arrivaient tous trois à la porte de sa chambre.

— Laissez-moi vous veiller, docteur, dit alors Sarah vivement, vous souffrez, excellent monsieur Ruysch; permettez que je passe la nuit dans votre chambre; je ne dormirai pas un seul instant loin de vous, je veux être, je serai votre garde-malade cette nuit!...

La pauvre Sarah ne savait plus ce qu'elle disait, tant sa frayeur était grande que Ruysch n'entrât dans sa chambre et n'y trouvât le chevalier.

Le docteur prit lui-même la clé des mains de Sarah, et ouvrit la porte...

— Adieu, dit-il à Sarah sur le seuil même, en l'embrassant sur le front. Sarah, cette chambre me ferait trop mal à voir ce soir. J'étais heureux dans ce temps. Rentrez!

Comme Sarah hésitait :

— N'ayez crainte, enfant, dit Ruysch s'enveloppant des plis de sa longue robe de chambre, je suis mieux, et je vous promets d'ailleurs qu'un pareil scandale ne se renouvellera plus. Le bourgmestre et messieurs du conseil me sont dévoués! On a de tout temps persécuté le génie et la science. Remerciez Dieu qui nous a sauvés tous de ce péril. Encore une fois, rentrez.

Les genoux de Ruysch fléchissaient, Stok referma promptement la porte sur la jeune fille, et tous deux bientôt descendirent l'escalier.

IV

George de Castelneau.

Il est temps de faire connaître le mystérieux instigateur de cette émeute nocturne. Les événemens rapides qui vont se presser dans ce cadre rétréci nous obligeront à laisser dans l'ombre quelques traits de notre drame; mais la figure du chevalier George de Castelneau, son héros principal, y réclame impérieusement sa place.

Le chevalier de Castelneau, qui aurait pu faire assez bonne figure à la cour du roi Louis XIII, à côté de Marillac, de Gondy, de Luynes ou de tout autre, était un gentilhomme de Poitou, qui n'avait réussi aucunement à se maintenir dans les bonnes grâces du roi Louis XIV. Neveu du comte d'Estrées, et attendant, après la mort de son oncle, de fort gros biens, sur lesquels il ne s'était fait faute de vivre à l'avance, le chevalier avait été long-temps à Paris un charmant jeune homme, cherchant à plaire, et plaisant même beaucoup trop à de très grandes dames, ce qui plus d'une fois avait fait froncer le sourcil à Louis XIV, que Fagon, son médecin, et Pélisson, l'historiographe du roi, appelaient *le plus bel homme de sa cour*. Moitié pour ses dettes et moitié pour d'autres méfaits, le chevalier se vit un jour *engagé* à passer quelque temps dans l'Inde, par une lettre contresignée du roi et de son ministre Colbert. Le comte d'Estrées, espérant bien que son cher coquin de neveu périrait au moins dans la traversée ou dans quelque taverne de Calcutta, lui fit passer à cette époque quelque argent. Tout Paris se perdit en conjectures sur la cause positive de cet exil. Les uns voulaient que le chevalier fût allé, avec un carrosse à la livrée du comte d'Estrées, son oncle, acheter, en compagnie d'actrices de l'hôtel de Bourgogne, une tourte de pigeonneaux à la halle, le jour même du vendredi saint; d'autres, qu'il eût une fois malignement souligné tous les *car* qui se trouvaient dans une lettre du roi à madame de Montespan, son idole. De pareils crimes conduisaient alors directement aux îles Marguerite ou aux Grandes-Indes!

Mais, au lieu de mourir aux Grandes-Indes, comme l'avait espéré le comte d'Estrées, le chevalier en était revenu plus gros joueur et plus duelliste qu'il ne s'en était rencontré jamais à Amsterdam. Il était renommé pour la manière dont il embrochait un homme sur le terrain, et jouait du luth à sa fenêtre jusqu'à midi en caleçon de ratine. Cette double réputation de bretteur et de chanteur étayait prodigieusement ses bonnes fortunes; il faisait fureur auprès des bourgeoises du Dam avec quelques airs que le surintendant de la musique de France, Jean-Baptiste Lulli, lui avait appris, et il tuait ensuite les maris qui intervenaient dans ses concerts d'une manière trop incommode.

Depuis les ordonnances contre le duel, ordonnances publiées par la chambre des bourgmestres d'Amsterdam à la suite de la guerre, le chevalier s'était prudemment retiré du monde et de ses belles compagnies ; ne paraissait plus qu'à certains jours, et demeurait chez Gaspar Stok, à deux pas de Kalver-Straat. En vérité, par une soirée de mai, beaucoup de ces belles jeunes femmes de la Hollande, que Metzu représente assises à leur fenêtre, si potelées et si roses, regrettaient le luth du chevalier de Castelneau ! Rêveuses et pensives, elles se promenaient souvent sur les grands quais de l'Amstel, écoutant les brises, qui ne leur apportaient que des sifflemens du nord, au lieu des symphonies miraculeuses de Lulli. George de Castelneau, leur ancienne idole, leur beau chevalier de France, n'habitait plus ce brillant quartier du Dam, il demeurait chez le faiseur de bières Gaspar Stok. Le rossignol d'Amsterdam chantait chez le fossoyeur d'Hamlet !

On en vint un beau jour à rechercher sérieusement quelle pouvait être sa vie. Elle prenait plaisir à dérouter les curieux et les bourgeois. Un jour elle était riche, évaporée, française ; le lendemain, grave et sombre. Vie fantasque, étrange, que celle du chevalier de Castelneau ! Aujourd'hui de l'or, de l'or à pleines mains, comme un joueur ; demain, la barbe longue, la moustache mal peignée, de mornes rendez-vous, des cliquetis d'épée non loin de sa rue, une indissoluble union avec Gaspar Stok, un pacte peut-être ! Ce diable de chevalier mettait sur pied le guet, les bourgmestres et les patrouilles de nuit, si belles dans les grands cadres de Rembrandt.

A part le jeu, qui lui procurait de l'or, n'avait-il donc pas une autre corde à son arc, cet acharné seigneur qui s'était fait tout d'un coup si redoutable, et qu'on n'osait pas renvoyer au roi Louis XIV, sans doute parce qu'il n'en aurait pas voulu? Il n'est que trop vrai, le gros jeu que tenait toujours Castelneau, dans les cafés, était soutenu par un métier abominable et infâme : il tuait les gens pour vendre leur corps ; il approvisionnait les ateliers de dissection, et en particulier celui de Ruysch. L'anatomie, en effet, faisait en ce temps, nous l'avons dit, toute l'occupation d'Amsterdam. D'Amsterdam, la ville savante, partaient toutes ces investigations patientes et ces découvertes utiles qui, depuis le dix-septième siècle, ont illustré cette science comme autant de rayons, et qui devaient immortaliser Ruysch, même avant Boerhaave. Ceux qui ont l'instinct inné de ces études comprendront bien vite de quel avantage il devait être pour la science, une science qui n'avance que graduellement et avec la lenteur des siècles, d'avoir d'excellens sujets pour les recherches cadavériques. La fraîcheur et la souplesse des corps entraient nécessairement pour quelque chose dans ces curieuses préparations. L'anatomie, qui n'a d'autre objet, après tout, que la contemplation studieuse de la nature et des qualités apparentes de chaque organe, ne fut d'abord pratiquée que sur les animaux ; la superstition fit long-temps regarder comme sacrilége l'homme assez hardi pour porter la main sur le cœur de son semblable. Comment Ruysch poursuivi, nous l'avons vu, par l'envie et par l'erreur, même après les premiers médecins ses maîtres, parvint-il à donner à la science une stabilité durable, un empire de croyance vraiment populaire ? C'est, nous le répétons, en couvrant la science elle-même d'un tissu palpable, en rendant à la mort la couleur même de la vie. Les sujets nécessaires pour la dissection et que la superstition du peuple rend toujours rares, périssaient bientôt entre les mains des anatomistes; Ruysch les conserva, et sut leur rendre, pour ainsi dire, une nouvelle ère d'éternité. Mais pour cela (et les ouvrages du professeur lui-même en font foi), Ruysch préférait à des corps caducs et maladifs, à des organes vieux et appauvris, la verdeur et la force encore visible des cadavres. Non seulement Ruysch injectait finement, mais c'était encore un embaumeur et un coloriste habile. Il fardait la mort, il la peignait aussi coquettement que le peintre en miniature habille une vieille coquette. Les sujets que tuait Castelneau, dans la vapeur du vin ou l'entraînement d'une querelle, ceux que le poing de Stok frappait dans une taverne, ou qu'il dérobait adroitement aux bières de bois qu'on lui commandait, étaient des cadavres d'élite, cent fois plus favorables aux scrutations du docteur que ceux de l'amphithéâtre. Le chevalier et Gaspar Stok, son valet, rusé coquin, étaient donc les véritables pourvoyeurs de Ruysch. Le métier de Stok, son ivrognerie et ses rudes manières ne fournissaient qu'un trop grand nombre d'occasions à Castelneau d'approvisionner le docteur et sa poulie; d'un autre côté, la vie aventureuse de Castelneau, sa soif de paraître et de dépenser, son humeur fanfaronne et son adresse au jeu de l'escrime garantissaient pour long-temps à Ruysch ce gain fatal, sur lequel le docteur fermait les yeux, comme tous les praticiens et les grands professeurs d'anatomie.

V

La Rue des Bières.

D'ailleurs, Gaspar Stok était le seul familier de la maison; Gaspar Stock connaissait Ruysch de longue date, il entrait chez lui à toute heure du jour et de la nuit. C'était le plus honnête croquemort d'Amsterdam, que ce joufflu Gaspar Stok! Il faisait des bières admirables, ce qui est un métier fort prisé dans Amsterdam. Il remplissait près du chevalier le vieil emploi des vieux Frontin de comédie; la nature hardie et insouciante de Castelneau l'avait séduit. Il va sans dire que l'espèce d'imbroglio castillan qui avait livré au chevalier la chambre et le cœur de Sarah était l'œuvre de George de Castelneau; œuvre soutenue et appuyée par son digne hôte Gaspar Stok. Le fabricant de bières ayant ramassé au hasard le nom de Bidloo dans une des conversations de Ruysch, s'en était servi pour ameuter ce soir-là dans les tavernes le peuple des ignorans et des bourgeois, comptant bien que Castelneau profiterait de ce tumulte pour sortir de son prétendu linceul.

Depuis quelques jours, Sarah ne se promenait guère sans prier Rachel de prendre avec elle le chemin du Kalver-Straat. Vainement Rachel déclinait-elle devant son amie sa répugnance pour certaine petite rue qui touche à ce quartier remuant, rue formée par des baraques en bois, comme les loges d'une foire, et dans lesquelles se fabriquent toutes les bières de cette ville populeuse. L'intrépide jeune fille entraînait Rachel par le bras, loin du beau quartier du Dam, pour examiner ensemble ces échoppes de triste augure.

Si quelque jour, en effet, il vous prend envie de visiter le théâtre français d'Amsterdam, théâtre situé sur le quai d'Erwtenmarkt, vous la rencontrerez comme malgré vous, cette étrange *rue des Bières*. Là, chaque jour, quatre planches s'emboîtent aux coups réguliers du marteau, à deux pas du plus beau palais d'Amsterdam, du palais du Dam, bâti comme un angle de Venise sur treize mille pilotis. Cette rue étroite et sombre n'abrite que des menuisiers funèbres. Le bois de ces bières et leurs compartimens distincts varient selon la fortune et le rang des acheteurs. Il y a des bières de cèdre, de bois blanc, de chêne, de merisier, de sandal, de bois d'Amérique ou de bois de Chine. Au mouvement de la rue, à son babil, à la gaîté de ses chansons et au brouillard de ses pipes, vous ne pourriez croire jamais que d'honnêtes Hollandais s'occupent, dans cette rue, de l'*habit de bois* dont parle Scarron le poète; c'est là pourtant leur unique commerce de tous les jours!

La boutique de Gaspar Stok se distingue entre toutes les autres par la forme de ses bières et l'éclat de leur vernis. Les unes sont ornées de jolis petits filets blancs avec des devises tirées des Psaumes; d'autres, ô vanité! ont déjà des sculptures avec un canton d'armoirie encore intact sur chacun de leurs panneaux!

Le vent est nord-ouest, et la fenêtre de Castelneau est fermée. Au lieu de ces pots de géranium et d'œillets, ornement habituel des chambres hollandaises, l'œil ne distingue guère à travers le vitrage de la fenêtre qu'une grande épée à l'italienne et un habit à rubans fanés. Pendant que la fille de Ruysch, tristement penchée, cherche à cueillir une pâle rose d'hiver qui croît entre les jointures du sol, Sarah fait un signe d'intelligence à Gaspar Stok, qui glisse un billet dans la main de la jeune fille.

— *Merci, Stok!* c'est ce que veut dire le balancement de tête de Sarah.

— *Mon Dieu, la pauvre fleur!* c'est le cri de Rachel en voyant que sa rose s'effeuille au vent. Les deux jeunes filles rentrent toutes deux; Sarah triomphe et Rachel est triste.

Beaucoup de promeneurs encombrent les quais, et bien qu'on soit au cœur de l'hiver, les places publiques regorgent de monde. Un maître tapissier, en frac de velours d'Utrecht, précède une charrette traînée par quatre chèvres; dans cette charrette il a fait tenir ses marteaux et ses bagages.

— Pourquoi ces banquettes rouges? demande Sarah à Rachel.

— On les porte sans doute à l'église occidentale, pour la messe de minuit.

— Comment sais-tu, Rachel, que c'est la messe de minuit?

— Sans doute parce que je suis protestante, Sarah, et que vous êtes, vous, catholique! reprend la fille de Ruysch avec l'air quelque peu puritain des protestantes. Je devrais vous gronder; depuis quelque temps, vous ne faites que des étourderies. Hier, par exemple, pourquoi ai-je trouvé votre croix dans l'escalier?

Sarah, avançant la main, rattacha vivement à son cou cette croix qu'elle tenait, dit-elle, de sa mère, et que sans doute elle avait laissé tomber la veille imprudemment... Elle embrassa les joues de Rachel et rabattit son capuchon dans lequel le vent s'engouffrait.

— Pardonne-moi, Rachel, disait Sarah en marchant toute joyeuse. Oh! ma bonne Rachel, je t'aime bien! Quel dommage pour toi que tu n'aimes que tes fleurs! N'y a-t-il pas, Rachel, d'autres choses qu'une jeune fille puisse aimer?

— Dieu et son père, Sarah.

La dernière feuille de la petite rose d'hiver glissa des doigts de Rachel, quand elles arrivèrent au seuil de la maison...

VI

Résolution.

Ce froid brouillard continue. Le vent du nord s'unit aux carillons plaintifs d'Amsterdam ; toutes les églises catholiques ont donné le branle à leurs cloches pour la grande solennité. Seul, dans son laboratoire, le docteur Ruysch, assis à sa table de cuir doré, continue ses *Adversaria,* son dernier ouvrage; Gudule et Rachel sont endormies. La plume du docteur sillonne d'énormes colonnes, il foudroie Bidloo, il commente Swammerdam. Sarah vient d'ouvrir sa vitre, malgré le froid, et regarde le pavé couvert de neige. Quelque temps elle a suivi de l'œil un manteau qui venait du côté de la maison : son cœur battait; mais la lanterne d'un bourgeois vient de lui faire reconnaître Reynier Graaf qui se rend en bon paroissien à l'église Occidentale, ses Heures sous le bras. Ce n'est pas Reynier Graaf dont Sarah est inquiète !

La pauvre enfant referme sa fenêtre; ses yeux sont rouges et sa poitrine oppressée. Debout près de sa petite lampe, elle froisse entre ses doigts la lettre que Gaspar Stok lui a remise le matin, et qui d'abord lui avait causé tant de bonheur.

— Il ne viendra pas !

Et Sarah se demande ce qui peut retenir George, l'homme qu'elle voit à ses pieds depuis vingt-cinq jours, celui pour lequel elle déroule avec tant de précautions et d'effroi l'échelle que l'ex-cordier Gaspar Stok lui a donnée ! Car, malgré le docteur, malgré Gudule et Rachel, en dépit même du chien de Terre-Neuve du professeur Tulp, la jeune fille a trouvé le moyen de rendre chaque soir le chevalier invisible à tous; pendant que le faiseur de bières apporte à Ruysch ses corps ou vient lui demander ses commissions, George de Castelneau escalade la fenêtre de Sarah; ses basques d'habits frôlent les tulipes de Rachel qui sommeille, et qui se prend le lendemain au vent du nord des ravages de sa fenêtre. Le chevalier n'a pas eu grand'peine à enlever d'assaut ce cœur ouvert à tous les dangers. Il a triomphé par cela même qu'il a surpris Sarah au milieu d'une vie d'ennui. Sarah, que les livres du docteur ou les fleurs de la bonne Rachel n'étaient pas de nature à récréer, a goûté bien vite les paroles de miel qui tombaient des lèvres de Castelneau. Hier, c'était sa bague ; aujourd'hui quelque bracelet : l'amour des jeunes filles et des grands seigneurs ne vit que de mensonges et de bijoux. Souple, insinuant, corrupteur comme un véritable fils de la cour de Louis XIV, trop égoïste ou trop distrait pour aimer, George ne songe qu'à son rôle de chaque soir. Dès que l'horloge de la Tour sonne dix heures, il arrive chargé de rubans, d'essences et de poésies de Benserade. Sa perruque est nouée de mille boucles factices, boucles d'anciennes maîtresses, dont il fait chaque soir un holocauste au feu de tourbe de Sarah. La pauvre petite le regarde de ses deux grands yeux et l'aime comme son prince. Un soir, il n'en était qu'au beau milieu de l'échelle, lorsque tout à coup le chien de Tulp aboya. Sarah fit si bien cette fois, qu'en une seconde ses doigts gonflés et meurtris ramenèrent vivement la corde. Au dernier aboiement du chien, les lèvres de Sarah touchaient celles de Castelneau.

Comment n'aurait-elle pas cru, la pauvre Sarah, à l'amour de ce beau jeune homme? Ils ne se sont pas donné la main, il est vrai, devant le monde, mais devant Dieu. La cérémonie du mariage, en Hollande, est peut-être la seule chose que regrette la triste Sarah; cette cérémonie est si touchante! Le jour de la célébration, les jeunes gens et les jeunes filles de la ville jettent des fleurs sur le passage du nouveau couple; l'hypocras et la cannelle circulent dans des bouteilles enjolivées de nœuds de faveur; la jeune fille que l'on marie a déjà envoyé dans la semaine qui précède l'hymen plusieurs de ces bouteilles à ses parens et amis: c'est ce qu'ils appellent *les larmes de la fiancée.*

Sarah n'a point traversé la ville comme ces belles filles joyeuses de leur voile blanc, de leurs bouteilles à nœuds de faveur et de leur fleur d'oranger; le carillon du Dam n'a point sonné pour elle les courantes et les bourrées qu'il exécute d'ordinaire en cette circonstance, de telle sorte que l'horloger du palais pourrait faire danser le bal dans chaque maison de la ville, tant cette musique simple du bon Hollandais marque distinctement tous les airs. Non, la religion de Sarah a été surprise, sa candeur et son inexpérience l'ont conduite elle-même dans le piége de Castelneau. Le chevalier, qui affecte de ne plus sortir des églises, a répandu depuis quelque temps une telle odeur d'encens autour de lui, que Sarah s'est laissé prendre à ces beaux dehors; elle l'a suivi un jour, au risque de se voir suivie elle-même par Rachel, dans l'une de ces petites chambres retirées, qui servent de chapelle aux catholiques d'Amsterdam; misérables chapelles où l'on célèbre à grand'peine la messe comme on célébrait jadis le rit pieux dans les catacombes. Castelneau n'a pas hésité à se présenter devant un prêtre, un prêtre qui a consenti à bénir sa main placée dans celle de Sarah, comédie sacrilége jouée sans doute plus d'une fois déjà par le chevalier quand il habitait la France, mais qui dut bien surprendre la petite cellule hollandaise, asile de pureté et de candeur, où ce chapelain appelé par Stock reçut les noms de Sarah et de George pour les noms des deux époux. Le chevalier, en cédant ainsi au plus cher désir de la jeune fille, a bien vu qu'il la captiverait pour la vie, qu'elle serait à lui, que nul n'aurait le droit de traverser ce bonheur. Un autre motif, suggéré par Stok au chevalier, ne lui a pas laissé le choix de la réflexion dans cette importante affaire; Stok a représenté à Castelneau que le mariage était de rigueur en ce pays, attendu qu'en cas de démêlé avec la justice et messieurs de la chambre des bourgmestres, le Spineus et le Raspeus (1) étaient des lieux fort désagréables à visiter. Castelneau a donc nourri d'illusions le cœur de la naïve jeune fille. Quelque our il l'emmènera en France, il lui fera voir la cour de Versailles. Sarah croit à l'éternité de cet amour; elle ne peut douter que George ne soit un de ces hommes méconnus que le caprice d'un roi exile ou rappelle à volonté; la vie journalière de Castelneau lui est du reste murée, et elle ne le voit que le soir. Les lettres du chevalier (quelle jeune fille ne croit pas à ces menteuses d'amour?) provoquent les réponses de la pauvre Sarah, qui lui en récrit de bien plus longues, où elle épanche son âme comme un jeune lys secoue

(1) Le Spineus, lieu où l'on renferme toutes les filles de mauvaise vie que l'on condamne pour un certain temps et où elles travaillent. Le Raspeus est une autre maison pour les hommes.

les trésors de sa rosée. Cette correspondance amoureuse est le seul bonheur de la jeune fille pendant ces tristes heures de sa journée, ces heures lentes où le toit de Ruysch ne retentit que du bruit de ses horloges et du pas de la vieille Gudule. Sarah, dans ces lettres, a déposé ses plus chères espérances, ses rêves d'enfant, son amour! Pour tout autre que pour le chevalier il fût resté à ces lettres une odeur suave, pareille à celle qui sort du calice d'une fleur, d'un coffret de cèdre, ou du passage d'une femme aimée. Aussi la jeune fille, qui sait bien les pleurs que ces lettres lui ont coûtés, et combien sa main tremblait en les écrivant, a-t-elle exigé que Castelneau ne se séparât jamais de ces lettres chéries, et qu'il les gardât sur sa poitrine comme un talisman. Il lui semble que ces lettres protégeront Castelneau et le garderont de toute embûche.

Après s'être payée vainement elle-même de raisons mauvaises, Sarah relit la lettre du chevalier; elle ne contient que ces deux lignes :

« Il me sera impossible de t'aller voir, âme de ma vie! A demain à la même heure.

» George. »

— C'est là tout ce qu'il répond à ma lettre d'hier! Il ne l'aura peut-être pas reçue, Stok ne la lui aura pas remise! Toujours attendre, douter et trembler! C'est notre sort à nous autres pauvres femmes. Mon Dieu! mon Dieu! que je suis donc malheureuse! Voilà bien trois manteaux que j'ai comptés sur mes doigts, et jamais lui! jamais lui dans cette maudite rue! C'est la seconde nuit qu'il manque à nos rendez-vous! Blanches étoiles qui vous baignez dans l'Amstel à l'heure qu'il est, vous qui l'avez vu tant de fois courir avec un front aussi radieux que le vôtre vers cette fenêtre du Marché-Neuf, vous êtes voilées d'ombre et de tristesse aujourd'hui! A demain, écrit-il, il a écrit *demain*, il me trompe! Tout n'est aujourd'hui que religion ou impiété à Amsterdam. Les fêtes de Dieu cachent souvent bien des crimes! L'autre jour, il m'en souvient, George entra; il ne m'embrassa même pas. Ses paroles n'étaient plus tendres; il avait l'air d'un masque auquel on se laisse prendre de loin, mais de près! Mon Dieu! pourquoi donc l'ai-je aimé, pourquoi ai-je quitté pour lui tous mes devoirs de bonne catholique! Stok m'a donné la clé du jardin; j'irai, je veux aller à cette messe de minuit! Quelle joie si j'allais le trouver priant, se repentant surtout, les mains jointes devant la Vierge, de m'avoir fait tant de mal! Ou plutôt je vais le surprendre tournant autour de quelque belle dame du Kalver-Straat, et prêt à lui offrir l'eau bénite avec ses doigts pieusement allongés! Si je le voyais, j'irais droit à cette femme lui dire qu'il est mon amant! Il est mieux que cela, c'est mon mari! Seigneur Jésus! l'horrible ouragan qu'il fait! Il ne me donne aucune raison, il me dit que cela lui est impossible. Impossible! voilà un mot que George n'a jamais connu! il ne me l'a dit que d'aujourd'hui; oh! c'est qu'il ne m'aime plus! Maudite lettre! il semble qu'elle soit écrite sur les genoux de quelque autre femme, tant elle est courte! Mais je veux savoir où il va, je le saurai! sans doute que je vais le trouver à cette messe, j'irai, je veux savoir où est George!

Ayant pris sa mante et la lettre du chevalier, elle sortit.

VII

Le Pyl.

Le sage Heinsius, votre compatriote, l'a écrit quelque part, bons Hollandais, ce que veut une curiosité de femme, votre mer du Nord le veut, elle renverserait plutôt les digues et les écluses. Sarah marchait donc comme une jeune fille enhardie par le danger même; elle marchait sur la neige du quai comme sur les planches du navire, son ancien hôte. Le vent soufflait à déraciner les tilleuls plantés devant la maison du docteur; cette nuit de Noël était glacée, les clapotemens de l'eau dans chaque canal et le vent fatal de nord-ouest présageaient l'orage. Ces sortes de nuits, que l'habitant de la Hollande ne remarque même pas, l'arrachent rarement à une partie de jeu ou de plaisir qu'il a projetée, les tavernes sont loin de désemplir de buveurs aux nuits d'hiver; les églises aussi en ces jours de fête regorgent de fidèles. Nous avons expliqué précédemment, au sujet même d'Amsterdam, comment tous les cultes avaient fini par l'envahir, comme les flots de la mer qui mordent le sable; ce fait tient plus que jamais à l'histoire de l'édit de Nantes; mais au temps de notre drame, Amsterdam comptait encore pourtant beaucoup d'églises catholiques.

L'église de la Tour (*de Toren*) n'était, entre autres, ni la moins riche, ni la moins belle. Toutes les nuits, depuis neuf heures du soir jusqu'à quatre du matin en hiver, des hommes nommés ***klapermans***, espèce de sonneurs ambulans avec une cliquette, assez semblables aux watchmen de Londres, partaient du seuil même de cette église afin de commencer leur ronde de nuit; ils ramenaient dans leurs maisons ceux qui se trouvaient ivres ou égarés, veillaient au couvre-feu, et constituaient la police. Ce ne fut donc pas sans un léger sentiment de crainte que la jeune fille entrevit d'abord les piques serrées et les arquebuses de ces klapermans. Ils marchaient deux à deux et dans le plus grand ordre à quelques toises de la maison même du docteur, pendant que les bourgeois, armés d'une simple lanterne de corne, traversaient les ponts de la ville. Certainement cette nuit devait être une nuit de recueillement et de piété, comme en tous les pays chrétiens; mais là, ainsi qu'ailleurs, on reconnaissait, à certains signes, l'abus inséparable des cérémonies nocturnes de la fête de Noël. De grands jets de lumière et des éclats de rires bruyans s'échappaient souvent des volets mal fermés et des baraques disjointes.

Au pas lourd des klapermans, le bruit cessait pour recommencer de plus belle lorsque la patrouille avait passé. Sarah s'était enveloppée de sa mante hollandaise à houppe noire, mais les plis de cette large soierie préservaient à peine du froid ses membres délicats. A chaque église, Sarah fléchissait le genou, puis elle cherchait; à chaque église, des nuages d'encens portaient sa prière au tabernacle sur leurs chastes ailes. Mais sa prière était vaine, George de Castelneau n'était pas là! Tremblante au milieu de tant de monde, elle ramenait sur sa figure les plis de son voile, puis elle reprenait, haletante, cette course infructueuse, elle priait et demandait George à chaque autel. Perdue bientôt en ces inutiles détours, Sarah ne remarquait pas même une chose, c'est que le hasard la ramenait à la maison de Ruysch; le théâtre anatomique et ses quatre tourelles chargées de neige étaient devant elle avant qu'elle s'en pût douter. A deux pas de ce théâtre anatomique, Sarah vit une grande tache rouge dans le brouillard, c'était une lanterne énorme, flamboyante comme une comète ; ce fanal surmontait une porte sablée avec soin ; ce lieu, qui n'a pas même changé de destination aujourd'hui, s'appelle encore *la Fontaine* ou *Pyl*. Harassée de fatigue, transie de froid, et sentant la pluie battre ses joues, Sarah n'hésita point à y entrer, le son d'un clavecin avait frappé son oreille. A peine arrivée, elle s'assit sur un banc de bois, au milieu d'une foule de gens qui semblaient comme elle ignorer ce qu'ils allaient voir ; c'étaient pour la plupart d'excellens colons de la Frise, que la musique avait attirés en ce lieu avec leurs femmes et leurs filles.

La nouveauté du spectacle auquel Sarah allait assister mérite bien que nous en disions ici quelques mots. Dans une salle éclairée par quatre lustres de cristal, la jeune fille entrevit d'abord confusément des matelots qui buvaient à un comptoir voisin de l'orchestre ; cet orchestre, orné de petites draperies blanches comme une loge de marionnettes, râclait toujours le même air, pendant qu'un pauvre aveugle frappait les intermèdes sur une épinette. De la sorte, la musique allait toujours, et avec elle seize à vingt demoiselles en robe blanche, qui ne dansaient pas, mais se promenaient deux à deux au milieu même de la salle, pareilles à ces figures de mécanique auxquelles le joueur d'orgue donne le branle. Sans le coloris emprunté de leur visage et leurs regards agaçans, un étranger aurait pu se croire dans quelque pensionnat d'Amsterdam, un jour de distribution de prix. Toutes portaient les mêmes tresses, les mêmes dentelles, les mêmes fleurs. Cette promenade constante, et le brouillard produit dans cette salle par le tabac, aurait infailliblement soulevé le cœur aux filles les plus robustes, si depuis long-temps celles-ci n'eussent été faites au métier. Ce ne fut pas sans une secrète angoisse que Sarah parcourut les visages des spectateurs ; ils respiraient tous un air de taverne qui la surprit fort, on doit le croire ; quelques uns pourtant étaient plus voisins de la bonhomie que du vice. Le caractère national est ainsi fait, que de bons bourgeois de Hollande promènent souvent leurs filles et leurs femmes le dimanche dans ces *musico* ou *maisons de nuit*. Les curieux et les étrangers, protestans pour la plupart, y affluaient ce soir-là.

Sarah voulut sortir ; mais la pluie battait le quai. Les auvens et les girouettes criaient, la musique allait, le vin circulait autour des tables. Les domestiques de l'endroit en livrée sale présentèrent à Sarah des raisins et des carrelets secs qu'elle refusa ; la pauvre jeune fille toute confuse n'avait pas alors assez de ses yeux pour regarder la maîtresse de ce singulier salon, laquelle venait de s'asseoir en grande pompe au buffet. Cette femme avait le front couvert de pierreries et de grandes plaques de perles, à sa ceinture pendait une bourse à fermoirs comme celle des châtelaines, elle portait au col une chaîne d'or de douze à seize tours. Armée d'une mouchette qui ne ressemblait pas mal à une pincette, cette reine de comptoir se faisait remarquer par son adresse à émécher les chandelles triangulaires de son trône ; elle servait elle-même le vin et la bière aux consommateurs.

Dans cette ville d'Amsterdam, une des premières villes commerçantes du monde, lorsque des navires chargés de richesses venaient des deux Indes, l'étrange maison où s'était réfugiée Sarah, maison de plain-pied ouverte à tous sur le quai même, pouvait recevoir, à juste titre, le nom de creuset, car là venait se fondre l'or que les marins avaient amassé dans les colonies. Ces gens, si disciplinés à bord, donnaient alors tête baissée dans les piéges que leur tendait l'astuce de ces infâmes créatures. En quelques nuits de débauche, la plupart perdaient le fruit de plusieurs années de fatigues et de périls. Les uns, échauffés par le vin, laissaient imprudemment tomber de leurs basques d'habit des poignées de ducats que le domestique, *engraissé* dans cette maison, n'avait pas de peine à faire tenir à la semelle enduite de cire de ses bottes, tout en faisant mine de les chercher à terre ; d'autres, en se logeant eux-mêmes sous ce toit qu'ils auraient dû fuir, demeuraient journellement exposés à ces vols perfides. Sarah n'entendait pas sans frémir les singuliers récits que s'en faisaient entre eux quelques matelots ; un capitaine revenu de Goa avec un coffre rempli de poudre d'or y avait perdu tout son avoir au bout de six mois; le coffre en question pouvait être évalué à quatre-vingt mille florins (1).

Les femmes que gardait cet antre de corruption ne tardèrent pas à se précipiter vers une des portes. Un affreux coup de tonnerre venait de déchirer le voile de l'ouragan ; la pluie avait cessé, ou ne tombait plus que par rafales. Sarah se vit seule tout d'un coup dans cette salle si peuplée de monde auparavant ; les curieux avaient pour la plupart regagné leurs maisons qui étaient proches. A peine remise de l'effroi que venait de lui causer ce coup de tonnerre, peut-être aussi en proie à l'une de ces crises nerveuses qui brisent les plus résolues, Sarah sentit machinalement sur ses doigts les doigts de la maîtresse du comptoir ; cette femme l'entraînait vers une chambre voisine. L'espèce de brouillard qui voilait ce lieu, et la faiblesse que Sarah éprouvait, lui permirent à peine de distinguer une table chargée de viandes, autour de laquelle chantaient en chœur plusieurs femmes, comme si dans cette orgie sacrilége elles eussent voulu défier le ciel lui-même. Le désordre qui régnait dans cette arrière-chambre remplie de bancs renversés et de brocs de genièvre couchés sur la nappe ne pouvait guère être égalé que par l'immodestie de ces femmes et l'abandon étrange de leurs toilettes. Certes, qui les eût vues la minute d'avant si calmes et si timides en apparence avec leur simple robe blanche, se promenant comme nous l'avons dit, deux à deux et pareilles à des novices, ne les eût pas reconnues dans ces créatures à l'œil ardent, au propos libre, aux épaules démasquées de toute dentelle et de toute guimpe, comme leur front l'était de toute pudeur. Il était impossible, bien qu'en les regardant, de ne pas se rappeler tout de suite une de ces bacchanales si familières au libre pinceau de Jordaëns. Le type hollandais dominait dans la plupart de ces figures de femmes, que le vin rendait encore plus allumées et plus lascives. Pour tout homme de sang-froid, il n'y avait que du dégoût dans cette orgie de Hollande, orgie de bière et de tafia, orgie de marins où quelques uniformes français brillaient pourtant à la lueur d'ignobles chandelles... Des cavaliers en dentelles tachées de lie, leur frac étendu sur le parquet et leur épée pendante au bois même de leurs fauteuils, tendaient à ces femmes de longs verres coloriés de bleu et de jaune, pareils à ceux que tournait alors dans ses ateliers la patiente Allemagne. Les uns juraient Dieu, d'autres

(1) Cent mille livres de France.

chantaient des refrains licencieux de kermesses. Le plus jeune et le plus beau d'eux tous s'était fait apporter sur la table même l'épinette que touchait l'aveugle une heure avant, et donnait la sérénade à ces femmes. Il tournait le dos à Sarah qui ne le vit point. Pendant ce temps, un autre convive lisait tout haut des lettres d'amour dont chacun faisait de grands rires. Ces lettres circulaient de main en main, l'écriture en était petite et fine... La voix rauque du marin qui lisait ces lettres contrastait horriblement avec les phrases douces et timides qu'elles contenaient : vous eussiez dit Falstaff lisant tout haut une lettre de Juliette. Elles passaient toutes par sa bouche d'ivrogne ces délicates épîtres d'une jeune fille embaumées de résistances timides, de tristesses ou de joies naïves, de phrases d'enfant, qui équivalent aux caresses. Cette profanation vous aurait fendu le cœur. Un chorus d'acclamations ironiques accueillit cette lecture. Le cercle plus épais s'était rassemblé autour du lecteur, monté lui-même sur une table, et Sarah ne pouvait percer ce cercle que la fumée des pipes rendait encore plus obscur. Une main fatale semblait la pousser elle-même vers ce groupe impie, elle baissa les yeux et vit de nouveau sur sa petite mitaine noire les doigts de son infâme conductrice. Sarah n'osait crier, car un seul cri eût averti tous ces hommes de sa présence, et, grâce au tumulte des voix et au désordre des bancs, personne ne l'avait aperçue.

Autrement, en la découvrant de cet angle de la salle, on l'eût prise, la pauvre enfant ! pour la statue même de la peur, tant sa contenance était craintive, sa respiration faible et ses petites mains tremblantes ! Dans peu, cette vapeur allait lui monter au cerveau, dans peu, elle allait peut-être chanceler sans ce bras de femme, horrible anneau qui la rivait à cette chaîne. Le hideux lecteur n'était pas au bout de la première phrase que Sarah avait reconnu ses lettres... Son premier mouvement l'aurait entraînée, la crainte de se trahir la retint.

— Ces lettres ont été sans doute volées à George, pensa-t-elle, il ne les eût pas données. Que n'est-il ici ! s'il le savait ! mais il ne le sait pas ! il ne peut le savoir ! Il est dans quelque église à cette heure, j'aurai mal cherché. On l'aura tué, il n'eût livré mes lettres qu'avec sa vie ! Oh ! pourquoi suis-je entrée dans cette caverne ? Mon Dieu, soutiens-moi !

Pendant que Sarah se parle ainsi, ses oreilles sont frappées de ces phrases mal articulées par la voix moqueuse qui les prononce. C'est une lettre écrite d'hier, une lettre écrite par elle à Castelneau, mais qu'elle ne doit reconnaître que peu à peu, et à mesure que l'affreux poignard lui entre au cœur :

« Mon Dieu ! je me meurs d'inquiétude. Où es-tu ? que fais-tu ? Il y a une heure et demie que j'attends, non plus à ma fenêtre, mais sous la tienne. Serais-tu malade ? ne m'aimes-tu plus ? Est-ce déjà changé ? si vite ! Oh ! je suis folle, mon ami, la tête me tourne, je n'ai plus une idée. M'en veux-tu de n'avoir pas porté à l'église le *mimosa* que tu m'as donné ce matin ? Hélas ! la pauvre fleur était à ma fenêtre quand le vent du canal l'a emportée. Mon George ! mais où es-tu ? où es-tu ? je ne tiens plus en place. J'ai froid ! j'ai chaud ! Que cette porte de Stok est longue à s'ouvrir ! Puisque nous voilà mariés, puisque tu l'as fait célébrer, ce mariage, pourquoi ne m'emmènes-tu pas ? J'irai donc toujours t'attendre ! Si tu es malade, comment ferai-je ? tu m'aurais écrit. Tu n'es point malade, c'est impossible. George, George, mon amour, je vais me coucher, ta fenêtre ne s'ouvre pas. Je sanglote bien fort, mon George. Je suis sortie sans rien dire à personne, j'ai donné au chien mon souper de ce soir. Je t'écris sur le quai même, avec le crayon du docteur que j'ai pris sur son bureau. Ta fenêtre étant fermée, Stok ne m'a point ouvert, que fais-tu? »

Cette lettre, Sarah l'avait glissée sous la porte même de Stok. De nombreux éclats de rire se croisèrent dans tous les sens à la fin de la lecture. Vingt bouches rouges de lie s'ouvrirent en même temps pour les commenter.

— Tudieu! chevalier, tu es bien aimé! on t'adore avec des phrases de romans et des *mimosa*. Est-ce une grande dame, une petite fille, une bourgeoise?

— Vous vous faites attendre sur les quais, mon cher; c'est bon à Paris sur le Pont-Neuf, mais en Hollande, par un froid de vingt degrés!

— Donnes-tu des manchons?

— Où te caches-tu, mauvais sujet?

— Je tiens dix louis, messieurs, qu'il allait souper dévotement chez le ministre Baxter.

— Il est vrai que sa fille, la belle Catz, lui lisait la Bible...

— Du tout, messieurs, du tout. Il avait eu querelle, le jour d'avant, près l'église Occidentale, et avec lui les querelles conduisent hors des murs.

— Demandez plutôt à ce batelier qui lui prêta sa *schuyten* pour se battre. Par Dieu, chevalier, qu'as-tu donc fait du gros bonnetier Corneille, dont tu trouvais la femme si jolie? Nous ne le voyons plus reparaître au Dam.

—Ah ça! chevalier, pour cette fois, c'est du tragique, mon cher, nous voguons sur les canaux du *Tendre*. Nous épousons?

— Un instant, messieurs, je viens de faire, avec mon ami l'enseigne, le relevé de ses hyménées. Il faut de l'exactitude. D'après mon calcul, nous en sommes au chiffre douze.

— Eh bien! à la santé de la *treizième* comtesse de Castelneau!

— Comtesse! Attendez au moins que le comte d'Estrées soit mort!

— Quand le comte d'Estrées mourra, ce sera le numéro vingt, messieurs, notre ami va vite en additions!

— A sa santé! à sa santé!

— Vive la *treizième* comtesse!

— Bois donc, chevalier.

— Bien dit! mais pour cela, il faut qu'il se lève, et en ce moment les jambes de notre ami sont gonflées comme le ventre d'un bourgmestre. Allons, George, un peu de vin du Rhin!

Celui qui se leva fut alors plutôt soutenu par les convives qu'il ne se soutint lui-même... Il était pâle, son regard hébété planait machinalement sur cette salle. Il tendit son verre et but.

Abandonnant alors de ses doigts glacés la main de la femme qui la tenait, Sarah poussa un cri : elle venait de reconnaître Castelneau...

Sa première douleur ne fut pas pour elle; avant de songer à la perte de son bonheur, elle songea à la dégradation de son amant.

— Lui! dans ce lieu infâme, lui! entouré de femmes vendues! lui! jouant ainsi depuis long-temps sa comédie d'amour et d'honneur; lui! épousant, trompant!

Dans le cœur d'une femme qui aime d'une passion noble et vraie, la plus douloureuse des tortures est de voir briser son idole. D'un homme avoir fait un ange, et perdre à la fois l'ange et l'homme ! tomber du ciel dans la boue ! pour Sarah, c'était plus que le désespoir, c'était la mort.

A peine cependant avait-on fait attention au cri déchirant qu'elle poussa. Les hommes s'étaient replacés à table, les libations et les blasphèmes continuaient. Castelneau, encore étourdi de son triomphe honteux, se replongeait avec amour dans l'orgie. Le vin qui confondait à plaisir chaque ligne et chaque trait de son visage, le vin qui entrechoquait déjà ses genoux, amenait à ses lèvres ce rire stupide, dernier et fatal indice de l'ivresse. Sarah, repoussant brusquement la femme qui voulait la retenir, courut en folle vers le quai ; le démon du vertige avait pris sa pauvre tête... Elle courut, le brouillard était partout. Sarah marcha devant elle et fendit ces nuées grises ; elle doublait le pas sans savoir où elle allait. Déjà, dans cette course irréfléchie, elle avait dépassé la Fontaine et marchait toujours. Certes, qui l'aurait vue côtoyer ainsi le quai de l'Amstel, que nul parapet ne garantit, se fût jeté vite au devant d'elle. Tout à coup les échos de la maison du docteur retentirent d'un coup affreux : Sarah, trompée par le brouillard, venait de tomber dans le canal...

Celui qui sortit le premier de la maison du docteur était Gaspar Stok ; aidé du chien de Tulp qui flairait les neiges, il retira du canal le corps de la jeune fille. — Sarah était morte !...

. . . .

VIII

Douleur.

Le chien du professeur Tulp poussa un long aboiement. Ruysch descendit, Rachel se leva, la vieille Gudule elle-même s'arracha tremblante à son alcôve. La neige refluait au visage du bon docteur, qui éleva ses deux bras en signe de désespoir, et ne put trouver que ce mot :

— Mon Dieu !

Car Sarah n'existait plus ; tout l'art de Ruysch échouait devant ce corps que Gaspar Stok venait de tirer du canal. Aux cheveux de la jeune fille pendaient de longues gouttes d'eau que le froid avait déjà cristallisées. Vous eussiez dit des perles au front d'une vierge.

Ruysch baisa la main de Sarah, et dit à Stok de monter le corps dans son cabinet. C'était le sanctuaire de sa maison, et il avait hâte de mettre à l'abri des profanes un si précieux cadavre ! Il aida lui-même Gaspar Stok, il traversa la cour et les corridors, son front chauve à nu malgré le froid et la neige.

Rachel atterée ne vit pas même en passant que chaque fleur et chaque tige de son jardin étaient rompues. Gudule la soutint jusqu'à sa chambre où elle s'enferma pour prier Dieu et dire l'office des morts ; et sur les joues pâles de Rachel coulèrent cette nuit-là des pleurs semblables à ceux que durent verser autrefois les saintes femmes qui ensevelirent le Christ, des pleurs d'amour, de remords. Rachel s'accusa devant Dieu de n'avoir pas été à Sarah une duègne sévère, une amie sûre, un véritable ange gardien.

Pour Gaspar Stok, bien qu'accoutumé, durant sa vie de marin, à ces scènes d'angoisse, il s'essuya les yeux du revers grossier de sa manche, lui qui sans pleurer avait un jour cousu dans sa voile le corps de son frère, à Plymouth !

Sarah venait d'être étendue par Gaspard Stok et le docteur sur une natte du cabinet. L'eau ruisselait encore sur la mante de Sarah, quand le pauvre Ruysch en écarta les plis lourds. Il reconnut fort bien la croix que Sarah portait au cou, et sur laquelle se trouvait gravé un chiffre de date. La bague du chevalier était au doigt de l'enfant. Le visage de Sarah, si décoloré que l'eût fait la mort, gardait une grâce et une fraîcheur incomparables. Sa main droite, crispée violemment, tenait une lettre mouillée ; ce ne fut pas sans efforts que Ruysch parvint à l'ouvrir. Approchant la lettre du feu que Gudule venait d'allumer, il en sécha les caractères avec soin, et la parcourut ensuite tout entière. C'était la dernière lettre écrite par le chevalier de Castelneau à Sarah. Ruysch recula d'un pas en voyant la signature : elle lui rappelait un homme perdu, qu'il était à même de connaître plus que tout autre. Ce billet lui révélait tout, et les rendez-vous du chevalier et son rôle menteur de chaque soir près de la trop naïve enfant. Le docteur se tordait les bras de désespoir ; il marchait d'un air égaré dans cette grande salle peuplée de cadavres. Les uns parfaitement secs, enveloppés de linges et de bandes de cuir, ressemblaient à ces momies que les prêtres du Nil avaient seuls le droit de toucher jadis, ils étaient bruns et poudreux, exhalant encore à la chaleur du foyer une odeur aromatique. Leur peau, retirée sur elle-même et presque tannée comme le cuir, était dorée sur le visage, sur les mains et sur les pieds. Ces dorures, communes à un assez grand nombre de momies d'Égypte, n'empêchaient pas que des figures hiéroglyphiques n'en couvrissent le tissu ; leur masque de toile était verni, et le globe de l'œil, dans quelques unes, se trouvait même injecté. Le docteur les avait placées, pour la plupart, dans de grandes cages de verre à côté de squelettes, qui, par une bizarrerie coquette, tenaient des roses artificielles entre leurs doigts allongés.

Des liserons et des capucines desséchées serpentaient en festons de l'une à l'autre de ces cages; cette famille de plantes si habilement disséquées par l'anatomiste embaumait de son arome l'autre famille, celle des morts. Au milieu de ces squelettes ainsi disposés, le docteur avait placé la carcasse majestueuse d'un grand cheval de bataille que lui avait donné le célèbre pensionnaire de Witt qu'il avait tiré d'une fort mauvaise fièvre ; car Ruysch était aussi bon praticien qu'excellent anatomiste. Malgré sa répugnance pour toutes ces monstruosités qui déparent souvent les collections des médecins, Ruysch n'avait pu se dispenser d'admettre dans sa galerie les fœtus hideusement accouplés, les lézards et les serpens en bocal, les phoques, les crocodiles et en général tout cet attirail qui constitue plutôt la sorcellerie que la science. Dès le seuil même, le visiteur heurtait donc ces récipiens obscurs que Rembrandt a eu grand soin de semer çà et là dans ses chambres d'alchimiste, le parquet était semé de fioles blanches et bleues, de fourneaux et d'alambics. La sonnette du cabinet se terminait elle-même par une main de squelette tout à fait nette et bien lavée, ironiquement parée d'anneaux et de bagues antiques, comme si elle eût appartenu à une grande dame ; ainsi pendante et surmontée d'un manchon de velours pelé d'où elle ressortait, cette main ressemblait à un bras cabalistique.

A la première vue de ce cabinet de Ruysch, si l'observateur se trouvait attristé devant ces jeux de la destruction, de quel étonnement ne devait-il pas être saisi en examinant les prodiges de vie que Ruysch avait su tirer de la mort même? A côté de corps admirablement conservés dans de longues baignoires de cristal remplies d'alcool, et dont la pose conservait encore sa souplesse et son abanbon, la baguette du docteur avait répandu le charme de la vie sur tout un peuple de morts : ici des enfans, le sourire sur les lèvres, la joue encore fraîche et invitante comme un beau fruit; plus loin de jeunes paysannes de la Nord-Hollande, enluminées du vermillon charmant de Miéris, les bras satinés, les épaules nues; dans cette cage de verre, une grave matronne d'Utrecht en falbalas, sa lèvre aristocratiquement pincée; sous cette autre cloche un vieux bourgmestre avec sa perruque à rubans noirs, sa pipe de Gouda et son feutre à larges bords. Sous tous ces visages entièrement desséchés, Ruysch, à l'aide d'injections chaudes et colorées, avait fait refluer la vie. Il était le roi de cette seconde création ; chez Ruysch, la mort était peinte. Le vent et l'orage qui avaient faibli sur le matin laissaient arriver alors à ce cabinet du docteur un rayon de ciel bleuâtre. Tout ce muet sénat semblait saluer Ruysch : les enfans avec un sourire, les vieillards avec un reste de vie dans les yeux, les momies et les squelettes avec leurs roses. En tout autre moment, Ruysch se fût levé fier de son siége pour remercier chacun de ses hôtes funèbres; mais devant ce cadavre, il resta muet.

— Je suis un misérable! s'écria-t-il tout d'un coup, en s'arrachant lui-même à la torpeur de son rêve, j'ai laissé mourir l'enfant de Michel, et je ne puis le ressusciter! Ce chevalier me traite en vrai tuteur de comédie! Ingrat et infâme que je suis! Méprisable savant qui passes les nuits pour ton art, et ne veilles pas sur la perle de ta maison! Muet devant ce cadavre! A genoux, docteur Ruysch! ressuscite ce corps si tu peux! Qu'on vienne me dire à présent que je suis un homme de Dieu, que je rends la vie aux morts! Enfant, pardonne-moi, car je t'ai laissé mourir. J'aurais dû, de mon corps usé et goutteux, te faire un rempart à toute heure du jour et de la nuit. J'aurais dû marcher près de toi comme le vieux Joseph près de Jésus faible et petit. J'avais promis à Michel et à toi ce que j'ai donné depuis à mon inutile science : mon bras, ma pensée, ma vie! Au lieu de cela je t'ai laissé mourir. Mon Dieu! vous êtes juste, mais vous êtes cruel en même temps!

Le docteur sanglotait, la face contre la natte où semblait dormir Sarah. Les derniers tisons du foyer luttaient de clarté avec le jour naissant, Gudule entra, elle tenait en main un paquet à l'adresse de Ruysch.

Le docteur, au seul cachet de la missive, retomba morne et pâle dans son fauteuil. Le cachet était aux armes de l'amirauté, et la lettre lui annonçait le retour de Ruyter dans trois jours.

— Trois jours! il vient me la demander dans trois jours! La guerre n'est-elle donc pas achevée, et voudrait-il tenter quelque nouveau coup? je suis un pauvre homme qui ne comprends rien aux choses de guerre. Que lui dirai-je dans trois jours? Si j'écrivais à Vondel! Oui, il n'y a que Vondel, Vondel le poète, qui puisse me tirer d'embarras. Que Vondel donne au théâtre d'Amsterdam sa tragédie des *Vierges* qui doit suspendre le peuple hollandais aux lèvres de son poète; moi, pendant ce temps, je me barricade chez moi, j'ensevelis moi-même cette femme, et je dis à Ruyter qu'elle a été étouffée aux portes d'un théâtre. Mais morte, morte ainsi! morte par ma faute! bien morte!

Il continuait :

— Dieu a bien fait de ne me donner qu'une fille. Mais il me punit dans cette enfant plus cruellement que dans ma chair. Je l'aimais plus que ma fille, plus que ma Rachel que j'aime tant, et je le lui dis maintenant que je suis seul avec elle et Dieu !

Il embrassa encore une fois les mains de la morte, puis il reprit en se levant :

— Il faut, avant tout, que nul ne vienne me troubler dans ma nouvelle œuvre. J'ai besoin de l'aide du ciel pour ce que je vais tenter.

Le docteur ouvrit un des livres de son cabinet, et médita quelque temps. Il fit appeler ensuite Gaspar Stok, et lui commanda une bière avec le nom de *Sarah*.

Ruysch n'osa pas ajouter le second nom, le nom terrible et creux de *Ruyter*.

IX

Le Royal Charles.

George de Castelneau passa au Pyl non seulement cette nuit, mais la nuit suivante. Il en sortit vers les sept heures le lendemain matin, escorté de ses compagnons. Les fumées du vin obscurcissaient encore le cerveau de ces gentilshommes, que leurs beaux exploits avaient fait pour la plupart exiler dans les Grandes-Indes, mais qui avaient obtenu la permission d'en revenir, aux premiers bruits d'une guerre entre la Hollande et la France. Après tout, l'armée navale de France, en les rappelant sous ses drapeaux, se donnait quelques bons soldats de plus. C'étaient de jeunes fous, impatiens de laver dans le sang ennemi la tache de leur vie première; désordonnés en temps de paix, mais braves à l'attaque d'une redoute, aussi dignes que bien d'autres de faire souche de colonels et de maréchaux-de-camp. Les uns, victimes d'un ressentiment de femme ou d'un caprice de ministre, avaient quitté le mousquet pour tenter le commerce, et revenir ensuite se faire pardonner chez eux avec de l'or; les autres, plus insoucians du lendemain, s'étaient rejetés à corps perdu dans leur ancienne vie, vie d'oisiveté et de désordre ; pour eux tous, la rencontre de Castelneau à Amsterdam était une bonne fortune : cette espèce de fête nocturne qu'ils avaient donnée au chevalier le prouvait assez.

Ce jour-là, leur invitation rendit Castelneau soucieux, et le fit hésiter peut-être pour la première fois de sa vie. George de Castelneau, comme tout ce qu'épure l'amour ou la flamme, éprouvait à son insu un renouvellement complet d'idées ; il était puni de son ancien scepticisme d'homme blasé par la plus ardente et la plus imprévue des croyances : il aimait Sarah d'un amour vrai et respectueux. Castelneau, qui avait menti toute sa vie, balança donc pour mentir cette fois à Sarah. Il relut ses lettres, il jura vingt fois de manquer de parole à ses compagnons plutôt qu'à lui-même, il fut rigoureux à ses sermens deux grandes heures. Mais ses anciens amis ne tardèrent pas à ébranler ce bel échafaudage de vertu. On lui rappela ses vieilles campagnes ; bien plus, on lui demanda le nom et la demeure de la belle qui pouvait le retenir. George aurait peut-être nommé sa maîtresse, mais il lui répugnait de nommer sa femme : il joua l'indifférence, et suivit ses amis à ce lieu voisin de son quartier. Ses anciens amis n'ignoraient pas qu'avec le vin on en ferait tout ce qu'on voudrait. Ils en firent apporter de leurs vaisseaux même encore en rade dans le port ; le vin acheva ce qu'avait commencé la flatterie. George but, afin d'être proclamé le meilleur d'entre eux tous ; il oublia bientôt que Sarah pouvait l'attendre ; il s'enivra, et laissa lire les lettres de la jeune fille par tous les convives. Cette abnégation, c'est le mot dont ils se servirent, leur parut un trait superbe ; ils déclarèrent que George était définitivement Castelneau, leur ancien maître ; l'orgueil de la victoire l'exaltait encore quand il mit ce matin-là le pied dans la rue.

— Si nous reverrons la France, mes gentilshommes ! mais, par la sambleu, je n'en doute pas ! Encore quelques petits coups d'épée, dont je me charge seulement ici. Il y a, voyez-vous, sur le pavé d'Amsterdam, de ces sournois de Hollandais qui vous regardent et vous flairent sous le nez comme si l'on était Turc. Je leur ferai passer le goût du genièvre à ces récureurs de vaisselle qui ne m'ont jamais prêté un escalin, et que je renverrai à mon ami Ruysch, le docteur, salés comme des harengs ! Holà hé ! qui donc êtes-vous, vous, monsieur l'insolent, qui écornez ma basque d'habit avec vos planches ? Or ça, voilà de belles planches, l'ami, et que mon hôte Gaspar Stok vous envierait, sarpebleu ! Voyez un peu comme ça travaille dès le matin ces menuisiers de Hollande ! Remarquez-vous, messieurs, que son bois est du bois de rose, ni plus ni moins ? Que vas-tu faire de ces quatre planches, l'ami ?

— Une bière pour M. Stok.

— Comment as-tu dit ? pour Stok, pour mon ami Stok ? Allons donc ! ce ne peut pas être pour lui ; il ne serait pas mort sans toucher mon dernier quartier de bail ! Messieurs, voyez l'imbécile ! je loge chez le digne Stok, et il ne peut mourir qu'avec ma permission. Cet homme-ci est un fou !

L'ouvrier pressa le pas ; et le chevalier, prétextant une affaire, se détacha de ses amis. L'homme aux planches allait devant, et Castelneau le suivait, cédant à une curiosité inexplicable. La boutique de Stok était fermée, mais l'ouvrier posa ses planches contre la porte. Il s'assit ensuite sur un petit banc au dessous de la fenêtre.

— Voilà une bière, dit-il à une voisine, que je ne saurais céder à moins de deux cents florins ! Il faut que ce soit quelqu'un de huppé, car l'enterrement se fait au petit jour demain, au cimetière des Chartreux !

. . . .

Le chevalier attendit vainement Stok, qui ne parut pas de la journée. Quand vint la brune, George de Castelneau prit son épée et sortit de la maison. Long-temps il s'était tenu à l'appui de cette fenêtre, d'où il avait coutume de guetter le passage de Rachel et de Sarah. Onze heures sonnant, il était dans la ruelle voisine du toit de Ruysch. Il fit alors le signal convenu, frappa du pied trois fois, appela et chanta. Mais il ne vit rien à la fenêtre, pas même un jet de lumière.

En se retournant, il allait sans doute chercher querelle à quelqu'un, mais le premier homme qu'il rencontra fut un prieur d'enterremens, un de ces gens nommés en Hollande *aanspreker*. Ce personnage courait en homme affairé. Castelneau ne songea pas à l'appeler, et demeura une grande partie de la nuit sous la fenêtre. Le vent était froid et il tombait de la neige. L'excès et la fatigue de la veille l'avaient presque paralysé, le sommeil le prit. Il s'enveloppa de son manteau, et s'endormit sur les dalles mêmes du quai. Une heure avait à peine passé sur ce sommeil lourd et presque mortel, lorsque Castelneau se vit réveillé par un bruit de pas. Une goutte de cire tomba sur ses doigts; il se leva, la main sur la garde de son épée.

La goutte de cire provenait de l'une des torches que portait le prieur même des Chartreux, suivi de vingt autres frères qui formaient une longue ligne noire sur la neige. Castelneau se mit à l'écart, pour observer, et s'appuya contre la muraille en se cachant derrière un des frères. Il vit l'huis de la maison qui s'ouvrait, et un homme en fourrures des pieds jusqu'à la tête, les mains gantées de noir, appuyé sur le bras d'un autre, que Castelneau reconnut pour Gaspar Stok. Ruysch, c'était lui, se tint debout sur le premier degré de la porte, Gaspar Stok ensuite, puis l'*aanspreker* et les Chartreux. Ils formaient deux rangs, au milieu desquels le chevalier reconnut la bière en bois de rose, que deux frères descendaient. Elle était couverte d'un long drap blanc, qui pendait jusqu'à terre; elle avait une couronne blanche, et était semée en outre, suivant l'usage hollandais, de branches de romarin. Le chevalier manqua de défaillir de nouveau à la vue seule de cette bière; était-ce Rachel ou Sarah qu'elle renferme? Il fit un pas, puis il retomba; le froid enchaînait sa langue et ses membres. Le cortége était déjà loin quand il reprit l'usage de ses sens. A quelques pas de la porte du docteur, il vit une femme qui balayait la neige du pavé; il reconnut bien vite la servante de Ruysch, la vieille Gudule. Gudule était en grand deuil, elle avait un voile noir à son toquet et des revers de manche entièrement blancs; elle balayait, tristement et sans chanter, cette neige qui tombait si triste. Le chevalier profita du moment où la servante lui tournait le dos pour entrer par cette porte entr'ouverte... Il franchit d'un bond l'escalier de bois du docteur, et courut bien vite à la porte de Sarah; cette porte était fermée. Toutefois, en approchant du cabinet de Ruysch, il crut entendre une voix faible qui entremêlait les sanglots aux psaumes; la clé se trouvait encore à la porte du cabinet d'anatomie... Déchiré par l'angoisse et l'incertitude, Castelneau saisit la clé, il ouvrit la porte avec précaution, son front était mouillé de sueur, ses dents claquaient. Les contrevens de la salle étaient fermés, un jour douteux éclairait à demi la jeune fille qui priait en ce moment. Le pas de Castelneau sur les tapis du cabinet ne l'avait pas dérangée de son recueillement pieux; elle récitait les hymnes saintes à voix basse. Le chevalier se pencha vers elle pour reconnaître ses traits, mais elle demeurait cachée obstinément dans son capuchon à cause du froid de la salle. Un grand rideau vert, devant lequel elle priait à genoux, recouvrait sans doute quelque pieux tableau de sainteté que le docteur cachait aux regards profanes. En proie à mille reflux divers d'espérance et d'inquiétude, le cœur du chevalier battait avec force; Castelneau, dans cette femme agenouillée, cherchait la taille et les formes divines de Sarah. Éperdu, il n'osait avancer ni reculer, quand elle se leva droite d'un coup; son capuchon tomba; et Castelneau reconnut Rachel.

La foudre eût frappé le chevalier qu'elle n'eût pas imprimé à ses traits une décomposition plus soudaine. Devant Rachel qui s'avançait vers lui, Rachel étonnée elle-même et interdite, Castelneau ne trouva pas une parole ; sa stupeur était visible. Cette couronne blanche qu'il venait d voir, Rachel ne la portait donc pas ; ce n'était pas Rachel dont Castelneau avait vu la bière et le cortége ! Le chevalier fléchit les genoux devant la fille du docteur comme devant un fantôme.

Rachel, à la vue de cet homme, s'était rangée d'elle-même devant le grand rideau vert, objet de ses adorations pieuses. Il semblait qu'elle eût voulu le défendre et presque le protéger de son corps contre les coups d'un impie. Cependant il se faisait un grand bruit dans l'escalier, des volées de canon tirées au loin vers l'Amstel retentissaient aux fenêtres du cabinet.

— Morte ! répétait le chevalier, morte !

Il se mordait les poings, il éclatait en imprécations et en sanglots. Rachel, qui avait à peine vu cet homme une seule fois, comprit son rôle à la vivacité d'une telle douleur; quel autre que l'amant de Sarah eût franchi le seuil de Ruysch en cette horrible circonstance? La pâleur de Castelneau et l'égarement de ses traits engagèrent Rachel à faire quelques pas vers lui, elle lui tendit d'elle-même la main comme un de ces anges miséricordieux des affligés.

— Approchez, dit-elle, et voyez !

La fille de Ruysch, après avoir tiré l'un des contrevens de la fenêtre, afin de donner sans doute plus de jour au cabinet, fit crier le rideau vert sur ses anneaux. Le chevalier poussa un cri de surprise...

Castelneau dut en effet se récrier, car la jeune fille qu'il vit endormie dans un fauteuil, la tête doucement inclinée sur un coussin de velours, et la poitrine à peine voilée sous sa dentelle, c'était son amante, son idole, Sarah !

Oui, Sarah, Sarah vivante encore même sous la serre cruelle de la mort ; Sarah conservée miraculeusement et encore belle, belle et jeune comme l'enfant de la veuve de Naïm, que ressuscita Jésus ! Sarah dormait avec un sourire ; ses lèvres et ses joues, admirablement fardées, avaient l'incarnat et la fraîcheur de la vie ; seulement une légère maigreur avait dénaturé la forme onduleuse de son beau cou ; ses yeux à jamais fermés s'étaient éteints comme deux étoiles dans un cercle limpide et bleuâtre. Castelneau crut d'abord que Sarah était vivante, à voir l'admirable perfection de cette étude à laquelle Ruysch avait consacré trois jours et trois nuits. Ce corps, ainsi vivifié, était la plus sublime réponse de Ruysch aux injurieux libelles de Bidloo ! La bague de Castelneau luisait encore au doigt de Sarah comme une émeraude que frapperait l'éclat du soleil. Elle gardait aussi à son cou sa petite croix.

Rachel et le chevalier étaient tellement absorbés dans la contemplation de la jeune fille, qu'ils n'entendaient pas le son des cloches, qui, de toutes les tours d'Amsterdam, répondaient à la grande voix du canon.

— Malheur sur moi ! s'écria George de Castelneau ; malheur sur moi !

— Assassin ! cria derrière le chevalier une seconde voix qui n'était point celle de Rachel, mais bien celle de Ruysch ; voix terrible, menaçante ! Ruysch rentrait, il revenait du cimetière des Chartreux.

George de Castelneau voulut s'excuser.

— Oui, assassin, méprisable et odieux assassin ! cria le docteur en faisant craquer le bras du chevalier sous sa main sèche. Ce n'était donc pas assez pour vous, George de Castelneau, de voir ici tous vos morts ? Vous vouliez tuer la colombe en son nid même ! George de Castelneau, vous avez tué Sarah !

Ruysch referma vivement le rideau vert : il semblait vouloir préserver ce corps inanimé de la vue et de l'approche du chevalier. Rachel élevait ses grands yeux bleus mouillés de larmes vers le crucifix du docteur, seule relique du cabinet. Castelneau, le front baissé, n'osait répondre à Ruysch.

Tout d'un coup il se fit un grand bruit sous le vestibule; un homme, en habit d'amiral et suivi d'officiers de son équipage, parut au seuil du cabinet de Ruysch. Cet homme était Ruyter. Michel Ruyter portait cette fois un magnifique pourpoint de guerre, celui que Ferdinand Bol lui a conservé dans l'un de ses admirables portraits (1). Sur un pourpoint de cuir, sorte de cuirasse semée de clous d'or et de dessins en losanges, retombait l'écharpe en dentelles de Ruyter; des aiguillettes noires, placées au poignet et à la saignée du bras, relevaient la blancheur de ses larges bouffantes. Ruyter entra les bras tendus vers Ruysch.

— Embrasse-moi, docteur, c'est bien moi ! Frédéric Ruysch, embrasse Michel Ruyter ! Ces coups de canon te disent assez que j'ai tenu ma promesse. Placé avec mon escadre à l'embouchure de la Tamise, j'ai rompu la chaîne en travers de la Medway, et j'ai pris le port de Sherness. Tous les bâtimens de ce port ont servi de feu de joie à mes marins ! Grâce à nos armes, mes amis, la Hollande est sauvée, et la terreur est déjà dans Londres. Embrassez-moi tous ; mais, toi surtout, Ruysch, embrasse-moi !

Le docteur fit un pas en avant d'un air consterné, il s'inclina et baisa la main de Ruyter.

— Sur mon cœur, ami, sur mon cœur, mon vieux Ruysch ! Va, je te le disais bien, quand j'entrai pâle et humilié, il y a trois ans, dans cette ville et sous ce toit ; je te le disais bien : tu me verras bientôt revenir ! Tiens, veux-tu ces loques anglaises, ces loques de drapeaux à demi-brûlés ? A toi, docteur, à toi tout cela ! Mes lions ont mordu au sang la licorne anglaise ! Quoi ! tu ne me dis rien ! ta main est froide, Ruysch !

Ruysch ne répondit rien.

— Vive Michel Ruyter ! cria Gaspard Stok par la fenêtre de la salle. Le peuple, qui encombrait le quai, répondit comme un écho : Vive Michel Ruyter !

Le docteur était atterré et respirait un flacon de sels. L'amiral, après avoir jeté les yeux autour de lui, aperçut la fille Ruysch, il lui tendit sa main qu'il retira presque aussitôt, et il prononça le nom de Sarah.

— Sarah !

Cela voulait dire : Comment n'est-elle pas encore ici ? que peut-elle faire ? où se cache-t-elle ? Ruysch, amenez-la donc, cette chère Sarah !

Le docteur hésita, puis, se fiant sans doute à l'illusion de son œuvre, il tira soudain le rideau vert. Ruyter vit la jeune fille endormie ; il la vit, et à quelques pas d'elle Castelneau qui se tenait à l'écart, les yeux

(1) Ce portrait, qui provient de la vente de la Malmaison, fait partie du cabinet de l'auteur.

baissés, comme un criminel attendant l'arrêt de mort. Interdit un instant, l'amiral parcourut des yeux cette figure rose encore; mais s'étant approché pour baiser les mains de l'enfant, il les trouva froides.

— Elle dort, murmura faiblement Ruysch.

— Du sommeil des morts, dit sourdement Ruyter. Ce n'est pas moi que l'on trompe, docteur. Il ajouta lentement : Qui l'a tuée?

Ruysch montra du doigt Castelneau.

Ruyter bondit comme un lion; sans le bras de Gaspar Stok, qui entrait au même instant, il eût écrasé le chevalier contre la muraille. Il éloigna de la chambre, par un geste, les officiers de son équipage, et demeura seul avec Ruysch, Rachel et son ancien matelot Gaspar Stok. George de Castelneau eût voulu fuir, que ses jambes tremblantes lui eussent refusé ce service. Il resta.

Cependant le courroux de Ruyter fit bientôt place à la compassion. Castelneau protestait de son amour par des larmes abondantes. Ruysch, Rachel et Castelneau, à genoux aux pieds de ce rude vainqueur nommé Ruyter, formaient un spectacle attendrissant, un groupe vraiment digne des temps antiques. Ils suppliaient tous Ruyter de leur pardonner. Depuis sa dernière entrevue avec le docteur, les cheveux de Ruyter avaient grisonné; il avait à la main et au cou plusieurs cicatrices qui témoignaient assez des périls qu'il avait courus. La foule qui l'entourait et le touchait comme son sauveur, le moment d'avant, se composait d'anciens marins qui avaient servi jadis à son bord quand il portait la terreur du pavillon hollandais jusqu'aux îles barbaresques. La chaise dans laquelle il s'était fait amener chez le docteur était aux armes mêmes de la ville, les armes d'Amsterdam, laquelle, on le sait, porte de gueules au pal de sable, chargé de trois sautoirs d'or. Une majesté inconnue semblait alors empreinte au front de l'amiral. C'était bien là ce vieux lion à la crinière blanchie, dont la griffe avait déchiré si long-temps les pavillons d'Angleterre sur tous les océans qui l'avaient porté. Fils d'un ancien matelot vendeur de bière, Michel Ruyter, avant d'acheter sa noblesse par vingt blessures, avait réalisé pour le peuple les merveilleuses destinées dont la fable a généreusement doté le berceau d'Hercule. Si, comme le dieu, il n'étouffait pas des couleuvres, du moins se rendait-il de bonne heure redoutable par une force et une adresse miraculeuses. Un jour qu'on raccommodait le clocher le plus élevé de Flessingue, sa ville, Michel Ruyter y monta : il quitta l'échafaud des travailleurs, grimpa sur la pointe et s'assit dessus; tous ceux qui étaient en bas et le regardaient frémirent. Les ouvriers, qui ne l'avaient pas vu monter, ôtèrent l'échafaud et les échelles sans l'avertir; on le crut perdu, mais, avec ses bottes, l'amiral enfant brisa quelques ardoises, et se fit passage à travers le toit. Tel était Michel Ruyter : homme du peuple, se battant comme le peuple, élevé au grade d'amiral après avoir passé par tous les rangs inférieurs; fort comme un tigre et candide comme un enfant. Ruyter, l'œil tourné vers le docteur, attendait Ruysch comme on attend un grain d'orage. Il demeurait impassible et résigné.

Castelneau n'observait pas sans frémir intérieurement ces deux visages de vieillards : l'un, pâle et atterré, c'était celui de Ruysch; l'autre, assombri par le deuil au milieu de son triomphe, celui de Ruyter. Penché vers la jeune fille, l'amiral ne tarda pas à dénouer le cordon de la petite croix qui demeurait encore suspendue au cou de Sarah, et qui ressem-

blait à une ligne noire sur de l'albâtre. Il l'éleva entre ses deux doigts et l'approcha de la fenêtre pour en lire distinctement la date à Ruysch. Cette petite croix portait le chiffre de 1650. La date parut faire impression sur Ruysch, qui se hasarda à demander à l'amiral d'où Sarah tenait cette croix. Le chiffre en était assez grossièrement sculpté, il semblait avoir été entaillé à l'aide d'un poinçon ou d'un couteau de marin. Ruyter se détourna et frappa de son gant l'épaule de Gaspar Stok.

— Reconnais-tu ceci, maître graveur? C'est toi, si je m'en souviens, qui me rendis ce service. Tu inscrivis cette date sous ma dictée, le 28 du mois de mai, il y a seize ans de cela. Tu vois que j'ai bonne mémoire... Nous étions à la hauteur de Douvres.

— Et j'ajouterai, révérence gardée, mon amiral, qu'il y faisait bon dans ces eaux-là. Ce fut à Douvres que M. Tromp, sous lequel vous nous commandiez vous-même alors, me chargea d'attacher un balai à son grand mât, ce que j'exécutai à la satisfaction de toute la flotte. Nous avions assez balayé d'Anglais pour nous permettre cette farce allégorique.

— N'as-tu pas, Gaspar, écrit en outre sur notre journal l'événement qui se passa cette nuit?

— De point en point, mon amiral; si ce n'est que le journal fut coulé, comme l'esquif qui le portait, un beau jour, au cap de Horne; mais c'est égal, je me souviens de cette nuit-là comme si je m'y trouvais à l'heure d'aujourd'hui. D'abord vous me fîtes écrire sous la lanterne de votre cabine; il y faisait aussi froid que dans une hutte de Lapon; nous avions près de nous le chirurgien Hultz, qui est mort depuis. Vous lui recommandiez cet enfant que je vois là, pendant que le porte-voix de ce grand diable de Robert Blake, l'amiral, vous criait *merci* en anglais de ce que vous veniez de faire.

— Et qu'avais-tu donc fait, Michel? demanda Ruysch.

— Ce que tu aurais fait en mon lieu et place, docteur. Robert Blake, auquel nous envoyâmes depuis tant de boulets, corna donc et amena les huniers pour nous saluer; les hostilités n'étaient pas encore ouvertes. — Un médecin pour une femme, criait Robert Blake à travers son porte-voix, un médecin! — A la voix de l'amiral anglais, je jugeai qu'il était temps, il cornait comme un sourd. Je pris Hultz, que tu as connu, nous partîmes sur le yacht de Tromp, et je sautai avec le digne Hultz sur le *Royal Charles*. A te parler vrai, je n'étais pas très rassuré et redoutais une surprise; je ne me fie guère à ces gueux d'Anglais. Je le dis à Tromp en partant, et il commanda devant moi à ses Hollandais de tirer si je ne revenais pas après une heure. Nous entrâmes donc dans la galerie du *Royal Charles*, ce navire que nos bordées devaient entamer le lendemain sans que je pusse alors le prévoir. Il présentait l'aspect d'un vaisseau parfaitement en ordre. A peine arrivé, j'entendis pourtant des cris aigus qui partaient de la chambre même de l'amiral. Robert Blake nous conduisit à cette chambre, où nous trouvâmes une femme de trente à trente-cinq ans, parfaitement belle encore, et qui se tordait à cette heure dans les angoisses de l'enfantement. Je demandai son nom à l'amiral; il l'écrivit lui-même sur mes tablettes; il ajouta que c'était un vrai service que nous lui rendions, que cette femme était de grande famille, et qu'il avait consenti à la prendre à son bord depuis Yarmouth, où son mari était mort inopinément; que tout le temps de la traversée elle avait été malade, et que le principal chirurgien du navire ayant été tué dans un engagement récent, il n'avait pas craint de se confier à nous. Cette femme s'appelait la comtesse Mina Stafford...

— Mina Stafford! interrompit Ruysch violemment, les doigts crispés sur le gant de cuir de l'amiral. Les yeux du docteur brillaient comme la lame de son scalpel.

— Oui, Mina Stafford, reprit froidement Ruyter, elle s'appelait Mina Stafford.

Gaspar Stok fit un signe d'assentiment.

— Le chirurgien Hultz, continua Ruyter, accoucha cette dame avec beaucoup de sang-froid, mais son art ne pouvait rien contre l'agonie de la malade. Elle entr'ouvrit lors la paupière. « Vous êtes Hollandais, monsieur, me dit-elle d'une voix faible, je veux que ma fille soit Hollandaise. Elevez-la près de vous ou placez-la dans quelque couvent d'Amsterdam. Je vous la confie, car je vais bientôt mourir... J'ai des raisons pour vous confier à vous, Hollandais, ce bien, mon plus cher trésor... Le ciel m'est témoin que je meurs ici en bonne catholique. » Cela dit, elle expira.

Ruysch, sans attendre la fin de ce récit, avait pris convulsivement Rachel, sa fille, par la main; mais, à ce dernier mot de Ruyter, il tomba à genoux avec elle devant le corps inanimé de Sarah.

— Rachel, cria-t-il, Rachel, embrassez votre sœur!

La poitrine de Ruysch se fendit presqu'en même temps en longs sanglots. Il bondit comme un fou jusqu'à la fenêtre où demeuraient appuyés Gaspar Stok et Ruyter. Après avoir entraîné l'amiral vers la porte de l'ancienne chambre de Sarah, il l'ouvrit rapidement, et montrant à Ruyter le portrait de Vander Helst :

— Michel, cria-t-il, est-ce bien Mina Stafford?

L'amiral poussa un cri de surprise, et baissa la tête... Ruysch, épuisé, tomba sans connaissance sur le lit même de Sarah. Ce lit était encore blanc, fraîchement remué, et conservait la forme à demi effacée de la jeune fille. Reynier Graaf, que l'on fit appeler sur-le-champ, saigna Ruysch, dont le délire était violent.

— Ma fille, elle ma fille! répétait Ruysch l'œil immobile et vitré. Sarah! ma fille, Sarah la sœur de Rachel! Cela était donc écrit là-haut? Oh! le beau vaisseau, le magnifique vaisseau que le *Royal Charles!* Oui, je la reconnais, je la vois cette grande dame appelée Mina Stafford! Un pauvre médecin aimer une grande dame! Bonjour, Vander Helst, tu vas peindre la comtesse Stafford ce matin. Vander Helst, tu seras mieux dans ce jour-ci, en fermant cette fenêtre. Vous n'êtes plus pâle, madame la comtesse, et le vermillon revient à vos joues. Je vous ai sauvée des bras de la mort; vous m'aimez, dites-vous, vous me trouvez docte et modeste?... Mais encore un jour, et il faudra que vous partiez, votre mari le veut, et moi, je resterai avec votre portrait... N'importe, la science me distraira; je vais me remettre à étudier. Reynier Graaf, écoutez ceci, Bidloo est un infâme; il n'a pas vu mon œuvre, il ne m'a pas vu travailler jour et nuit à l'embaumement de Sarah! il n'a vu que le corps de la belle Paule dans le charnier des cordeliers à Agen. Sarah, vous étiez ma fille, et Castelneau vous a tuée! Le misérable que ce Castelneau! je le hais autant que Bilsius. Voilà où conduit l'*insatiabilis scrutandi corpora curiositas!* J'ai négligé cette fleur, Reynier Graaf...

Je l'ai négligée pour courir après la science... Oui, regarde-moi bien, Michel, avec tes yeux de géant, je suis brisé sous ce coup... J'ai soif, bien soif!

Ruyter remplit le gobelet d'argent de Ruysch; Reynier Graaf et Ruyter ne quittèrent pas le docteur cette nuit-là. Stok était sorti avec le chevalier, qui lui avait parlé à l'oreille... La nuit de Ruysch fut effrayante; dans sa fièvre, il se levait par intervalle sur son séant, parlant de Sarah et de la membrane arachnoïde. L'amiral, penché sur le front du pauvre docteur, rafraîchissait ses tempes brûlantes avec un mouchoir trempé de vinaigre. Ces sortes de compresses, incessamment renouvelées, procurèrent quelque soulagement à Ruysch. Ruyter surveillait chaque mouvement de son malade, il était fertile en mille attentions ingénieuses pour Ruysch; car chez les hommes qui bravent journellement la mort, il y a une espèce de compassion d'enfant pour ceux qui leur semblent souffrir moins intrépidement qu'eux-mêmes. L'ange de cette maison, la pieuse et bonne Rachel, priait les mains jointes près de son père, qui ne la reconnaissait même pas. Tout était deuil et désolation dans cette demeure naguère si calme. La vieille Gudule avait quitté sa chambre pour s'établir elle-même dans celle du malade, elle chauffait des serviettes à la grille de la cheminée et en enveloppait elle-même les pieds de son pauvre maître.

Depuis trois grandes heures, le chevalier George de Castelneau n'avait pas encore reparu. La nuit venue, un huissier de la chambre des bourgmestres se présenta à la porte même de la chambre où Ruysch recevait les soins de ses amis; ce personnage était porteur de lettres de l'amirauté qu'il remit à Michel de Ruyter. Ruyter tira cet homme dans l'embrasure d'une fenêtre et lui demanda ce qu'il voulait.

— Est-ce là votre signature, monsieur l'amiral? lui demanda l'huissier.

— La mienne, je la reconnais; mais je n'ai point donné cet ordre. Cette signature, écrite sur parchemin, est ancienne : c'est un laissez-passer donné à l'un de mes contre-maîtres à mon ancien bord. On a surpris votre religion, monsieur du conseil.

— Ce papier m'a été présenté par un nommé Stok, qui a fait charger devant moi, et d'après mon autorisation, une fort lourde caisse sur la première *schuyten* qui partait pour Rotterdam. Cette caisse, monsieur l'amiral, renfermait sans doute quelque objet précieux, à voir le pas lent et les précautions inouïes du nommé Stok et de celui qu'il appelait *son porteur*. Tous deux sont montés ensuite dans la barque en payant d'avance fort généreusement le patron.

— Il faut, monsieur du conseil, que vous fassiez courir une autre *schuyten* du chantier après cette première barque; avant deux heures vous pouvez encore les atteindre. Allez, partez vite... Je ne vous oublierai pas; j'en ferai bon rapport à l'amirauté...

Obéissant aux ordres de l'amiral, l'huissier de la chambre des bourgmestres s'éloigna en toute hâte. Ruyter ouvrit la fenêtre du petit corridor où il se trouvait; la lune était limpide, et l'Amstel semé d'étoiles. Pareille à un grand vaisseau de pierre, Amsterdam dormait à l'ancre. Aucun bruit que celui de l'eau clapoteuse sous les écluses. Les barques longues d'Alkmaer et de Harlingen passaient, ne se trahissant guère sur le canal que par la fumée de la pipe de leur patron. Ruyter distingua bientôt une embarcation de six hommes qui cinglaient vers la chaussée de l'Y. Cette barque avait le drapeau des États déployé à son arrière, les habits des personnages qui s'y pressaient étaient galonnés, et les rayons de la lune tombaient d'aplomb sur les grands chapeaux à plumes. La barque rasait l'onde avec une merveilleuse rapidité. Nul doute que ces hommes ne se pressassent d'accomplir la mission de Ruyter et d'exécuter ses ordres. Tout d'un coup une autre barque où se trouvait un seul personnage hêla cette première qui s'arrêta et suspendit ses manœuvres. En même temps, Ruyter se sentit tirer par la basque de son pourpoint, quand il était encore à l'appui de sa fenêtre. Dans l'homme couvert de sueur qu'il vit alors près de lui, il reconnut Gaspar Stok.

Stok présenta à l'amiral un papier revêtu de signatures. C'était l'acte légal de célébration de mariage de Castelneau avec Sarah.

— Il en avait le droit, reprit l'amiral consterné. C'est bien sa femme ! Il rentra presque aussitôt dans la chambre de Ruysch, sans que son front trahît la moindre émotion.

— Le docteur sommeille, lui dit Reynier Graaf.

. . . .

Ruyter entraîna Stok derrière le lit.

— Je sais que tu n'es un coquin que parce que tu manques d'argent. C'est un mauvais métier que tu fais, mon vieux Gaspar. Voici ma bourse, tu y trouveras quelques pièces de monnaie pour te réconcilier avec la vertu. Je ne puis te reprendre à mon bord, mes cadres sont remplis. Mais je te défends à l'avenir de servir les mauvais sujets qui viennent de France, tu peux être utile à ton pays, et puisque tu fais des bières...

— Eh bien ! mon amiral ?

— Il y a un vieux corsaire d'Alger qui m'a prédit que je mourrais dans dix ans. En dix ans, n'est-ce pas que tu aurais le temps de me faire une belle bière ?

— Soyez tranquille, mon amiral ; ce sera du fin et du soigné... J'espère seulement que vous me ferez attendre...

L'amiral et son ancien soldat regagnèrent ensemble les chantiers de l'amirauté, d'où Ruyter ne devait plus se diriger que vers le lieu de sa dernière expédition, la côte de Sicile.

X

La Chambre du comte George de Castelneau.

— M. Lebrun ?

— Il se lève, mademoiselle ; attendez ici, dans cette première antichambre, je m'en vais le prévenir.

Il était midi, et M. Lebrun, premier peintre du roi, venait en effet de se lever. Après avoir ajusté sa grande perruque sur son serre-tête orange, il passa son plus magnifique habit, quand vint l'instant de se placer devant son chevalet. M. Lebrun avait pour habitude de ne peindre qu'en velours et en grandes manchettes, comme fit plus tard, et à son exemple sans doute, un peintre d'un autre genre, M. de Buffon.

— Que me veut-on ? demanda M. Lebrun à son valet. Ce valet, attaché au service du premier peintre du roi, était vêtu de la grande livrée du Louvre.

— C'est une demoiselle de Hollande qui m'a chargé de remettre ce cadre à monsieur. Elle arrive d'Amsterdam, et s'excuse bien humblement de n'avoir pas à l'avance prévenu monsieur de sa visite.

— Introduis-la, Bourguignon ; je ne serai pas fâché d'apprendre d'elle quelques détails sur nos engagemens de Hollande. Peut-être y aura-t-il dans son récit quelque bonne remarque pour mes sujets de bataille. Ce n'est que devant elle que je ferai sauter l'enveloppe de ce cadre qu'elle m'adresse. Avance un pliant à côté de ma chaise, Bourguignon.

Le valet de chambre, après avoir placé sur un autre chevalet le cadre encore couvert, fit entrer dans l'appartement du peintre celle qui attendait ainsi humblement et sans se plaindre dans la plus glaciale des antichambres.

Par une fascination dont il ne peut guère se rendre compte, Lebrun se trouva forcé malgré lui d'envisager tout d'abord la figure de cette femme. On pouvait la croire amaigrie par le chagrin autant que par les privations ; chacun de ses traits portait l'empreinte d'une souffrance. Une *faille*, sorte de mantille hollandaise, encadrait ce visage tristement paisible et résigné.

— Pourrais-je savoir de qui est le cadre que vous m'apportez, ma chère enfant ?

Le nom de son auteur est au bas de la toile, répliqua modestement la pauvre fille.

Lebrun défit l'enveloppe et demeura fort surpris à la vue de cette peinture. Elle représentait une corbeille de roses, de lys, de pavots et d'anémones. Jamais peut-être la fraîche imagination du jésuite d'Anvers, ou le pinceau velouté de Van Huysum, n'avait si bien reproduit l'incarnat des fleurs et la molle souplesse de leurs tiges. Un petit bas-relief finement touché, bas-relief composé d'amours traînés par des chèvres, servait de support à cette corbeille. Lebrun, tout en se récriant d'admiration sur cette œuvre, courut bien vite à la signature du peintre. Il lut cette date : 1620, et ce nom : *Rachel Ruysch*.

Celle qui était alors devant le peintre rougit ; elle voulut répondre à ses éloges par quelques mots que sa bouche balbutia. Lebrun devina Rachel Ruysch.

Rachel Ruysch, dont plusieurs musées gardent encore des tableaux, peignait les fleurs, nous l'avons dit, avec une rare perfection. Lebrun l'ignorait jusqu'à ce jour, soit qu'il n'eût point vu la Hollande, soit que la nature de son génie, consacré aux reproductions historiques, ne lui fît rechercher que des sujets dans le genre de Vander Meulen. Il donna toutefois de grands éloges à ce précieux tableau de fleurs. La figure souffrante de Rachel l'intéressait ; Lebrun, qui n'était pas un peintre ordinaire, et qui devait peindre plus tard la Brinvilliers sur la place de Grève, comprit tout de suite la tristesse de Rachel Ruysch ; la fille du docteur faisait un métier nouveau pour elle : elle en était réduite en effet à vivre alors du produit de sa peinture. Six ans s'étaient écoulés depuis la mort de Sarah ; six ans de tristesse et d'infortune avaient suivi ce drame, qui avait courbé le front et les épaules du vieux Ruysch. Les ventes successives de son cabinet, la guerre de Hollande et la maladie du docteur avaient amoindri ses ressources ; depuis quelque temps d'ailleurs une mélancolie profonde remplissait le cœur de l'anatomiste. Rachel venait donc à Paris autant pour y vendre et y placer ses tableaux de fleurs, que pour ranimer le zèle des correspondans scientifiques de Ruysch ; elle demanda avec modestie au peintre du roi si ce tableau, quelque faible qu'il fût, pouvait figurer au musée du Louvre.

— Le musée du Louvre, ma chère demoiselle, répondit Lebrun, n'accepte guère que des batailles ou des portraits de héros. Sa Majesté Louis XIV aime mieux les prises de villes que les fleurs. Les tableaux de fleurs vont bien mieux aux particuliers. J'en connais un, par exemple, auquel j'ai double raison de vous annoncer en ce moment, d'abord parce qu'il est riche et magnifique, puis parce qu'il recherche spécialement les fleurs. C'est un gentilhomme qui demeure à l'hôtel même d'Estrées, hôtel qu'il occupe depuis le départ de son oncle pour l'Angleterre. N'allez pas vous laisser effrayer d'abord par la singularité de son hôtel, dont chacun raconte d'étranges choses... Avec cette lettre signée de moi, il vous recevra.

Lebrun cachetait avec le scel du Louvre une large missive, qu'il remit lui-même à Rachel en se levant de sa chaise. La fille du docteur y lut ce nom : « Monsieur le comte George de Castelneau. »

Rachel recula d'étonnement, et laissa glisser la lettre à terre. A ce moment, il se fit un grand bruit aux portières de la chambre.

Bourguinon annonça messieurs de l'Académie de peinture.

Le peintre du roi avait replacé sa lettre entre les mains de Rachel. La fille de Ruysch, encore tremblante, traversa les escaliers au milieu de gens chamarrés de croix et de cordons. C'était la députation de l'Académie qui venait remercier Lebrun de son portrait de Louis XIV, offert par ce peintre à l'Académie française. Les sentimens confus qui se livraient assaut dans le cœur de Rachel se turent bientôt devant une curiosité invincible, celle de rencontrer chez lui le comte George de Castelneau. Un valet à la livrée du Louvre suivait Rachel et portait son tableau jusqu'à l'hôtel du comte.

Cet hôtel de la noble maison d'Estrées aboutissait à l'un des angles de la rue de Nazareth, dans le vieux quartier du Temple. Pendant que le comte d'Estrées employait à Londres toute sa diplomatie à négocier la ligue navale de la France avec l'Angleterre, Paris s'entretenait des singularités de son neveu, le comte de Castelneau. Au lieu de s'embarquer sur le vaisseau de son oncle l'amiral et de suivre sa fortune, le comte George de Castelneau, après s'être d'abord remis en grâce avec son oncle, qui lui avait transmis son titre et son héritage de son vivant même, s'était jeté dans la dévotion, comme beaucoup de seigneurs de cette cour, lesquels, après avoir commencé par les exploits galans de Bussi de Rabutin, finissaient par courber la tête sous la parole sévère de Bossuet et de Bourdaloue. George de Castelneau communiait au moins une fois tous les mois, il vivait seul et retiré. Les gens de l'amiral étaient devenus les siens, ils avaient reçu l'ordre de le soigner comme on eût fait d'un enfant malade. Au dire de ces hommes, jamais il ne s'était rencontré de maître plus doux à servir, plus paisible, plus modéré. L'ordre le plus grand régnait dans cet hôtel, dont les abords étaient silencieux et tristes comme ceux d'un cloître. Le suisse qui tira les gonds de la grille, à l'arrivée de Rachel, était entièrement vêtu de noir ; il portait un large crêpe à son bras ; les autres domestiques qu'entrevit Rachel avaient aussi la même livrée. Rachel gravit sans peine un escalier de quelques marches, contourné majestueusement comme les escaliers de cette époque. Une lanterne à glace, où brûlaient trois grosses bougies, répandait sa clarté sur la rampe à soleils d'or.

Il restait encore assez de jour cependant pour que Rachel pût trouver ce luxe d'éclairage inutile ; mais la teinte sombre des pièces qu'on lui fit traverser formait, pour ainsi dire, une nuit précoce, bien qu'on ne fût pas même au déclin de la matinée. Elle arriva, toujours escortée du valet de M. Lebrun, à une grande portière en velours noir semée de larmes d'argent, comme les draps mortuaires. Le valet gratta un instant à cette portière, et un petit nègre en vint tirer les anneaux. Rachel put alors considérer l'étrange appartement dans lequel on venait de l'introduire.

Cette immense chambre à coucher était tendue de noir du haut en bas; de longues franges d'argent en recouvraient les corniches. Les meubles, les tapisseries, les gradins, tout conservait cette teinte étrange de deuil. Au milieu de la chambre était un grand lit à baldaquin de velours noir, une gaze de crêpe l'entourait et se jouait à ses colonnades de nacre. Les rideaux du lit étaient tirés soigneusement, comme si quelqu'un y reposait. A côté du lit, il y avait une table et un prie-dieu gothique avec des heures. Cinq grands candelabres semés d'abeilles et de fleurs de lys jetaient à cette sorte de chambre ardente une clarté mortuaire. Rachel remarqua encore sur des coussins de magnifiques robes, des colliers de perle, des agrafes et des écrins, tout ce qui pouvait enfin flatter la coquetterie d'une femme d'alors ; ces étoffes étaient déployées et jetées négligemment sur les meubles. Rachel contemplait cette chambre si triste, lorsque la porte s'ouvrit ; un homme, élégamment habillé de deuil, mais appuyé sur les bras de plusieurs domestiques, s'avança vers elle ; les joues de ce malheureux étaient creusées, son teint luisant et plombé, comme le teint que donne la fièvre; il était soutenu par ses gens et marchait à grand' peine ; il salua Rachel par une simple inclinaison de tête, et jeta sur la table un livre à fermoirs qui semblait le fatiguer de son poids. C'était le comte George de Castelneau qui revenait d'entendre les vêpres de la cour, à la chapelle du roi. Massillon, ce jour-là, avait prêché devant Louis XIV son redoutable sermon sur ***le petit nombre des élus.***

A la seule vue de ce déplorable squelette, auquel l'impression récente des foudres de la chaire donnait un air plus lugubre encore, les genoux de Rachel tremblèrent, et sa main chercha l'appui d'un fauteuil; Rachel avait enfin devant ses yeux celui que l'on appelait autrefois le chevalier George, l'homme des duels, des parties d'ombre et des escalades, cet ancien jeune seigneur à passions ardentes, qui avait tout remué, tout détourné de sa voie dans sa vie folle, et qui, à cette heure, exilé des rives fleuries, goûtait par sa propre volonté le calice des eaux amères. Castelneau, le séducteur de Sarah, n'était plus, hélas! qu'une ombre expiatoire de lui-même! Loin de puiser depuis quelque temps sa pâleur dans la débauche, les nuit dissipées, les joies lascives, son front dégarni de cheveux portait plutôt l'empreinte d'un suicide religieux de tous les jours; suicide formel, arrêté, espèce de martyre consommé avec amour et lenteur, comme l'indiquait assez la triste résignation de son sourire. Pour un homme qui eût connu jadis le chevalier George, et qui eût vécu dans son intimité favorite, cette dépression graduelle opérée sur une charpente assez forte pour qu'elle dût long-temps résister aurait en l'intérêt d'une lutte réelle. Évidemment le comte avait dû se choisir lui-même sa croix et son agonie; il s'était lui-même enfoncé les pointes de ce dur cilice dans la chair. Cette pénitence lugubre ne pouvait servir qu'au rachat pieux d'une vie folle. Ainsi voûté, humble et triste, le comte rappelait plutôt un chartreux de Lesueur qu'un gentilhomme à rubans et à dentelles de cette cour. L'immobilité de ses grands traits, de son œil terne et jaune, n'était jamais traversée par aucun éclair. Il s'assit devant une petite table en vieux laque ornée de fort belles incrustations de la Chine; le nègre qui le suivait lui présenta, sur un plateau d'argent, quelques tranches d'orange.

Après qu'il eut humecté ses lèvres de ce jus, le comte avança la main pour recevoir la lettre de Rachel. Si Rachel reconnut le comte dans le fantôme même du chevalier, Castelneau fut loin de soupçonner la fille de Ruysch dans cette femme. Rachel l'envisageait toute consternée, elle interrogeait l'œil de ce malade et tremblait pour lui plus que pour elle et son tableau. Le comte examinait la peinture en même temps qu'il lisait la lettre du premier peintre de Sa Majesté. Quand il vit le nom de Rachel Ruysch, il fit écarter ses gens et voulut demeurer seul... Trop habitué à maîtriser une impression pour qu'il en perçât le moindre indice sur ses traits, Castelneau, qui pouvait à peine parler, agita convulsivement une sonnette, et demanda le souper. La nuit était venue en effet, et le comte se couchait fort régulièrement sur les neuf heures. Des flambeaux traversèrent la galerie, le vent était froid, Rachel et le comte se regardaient. La compassion de Rachel pour Castelneau était en ce moment aussi profonde que la misère du comte. Les larmes arrivaient à la paupière de la pauvre Rachel en voyant cet homme, ainsi enseveli dans sa douleur, porter le linceul de son remords. Le souper servi, le comte fit asseoir Rachel près de lui; il touchait à peine aux plats qu'on lui présentait. Dans cette chambre sourde et noire comme le tombeau, le seul cliquetis des couteaux retombant sur l'assiette eût glacé le sang aux moins superstitieux de la cour. Les bougies des candelabres se mouraient, agitées par le vent qui soulevait les portières de velours. Pendant ce souper, il ne s'échangea pas un seul mot entre Rachel et le comte; seulement, il la regardait, clouant sur elle son œil morne et froid. On enleva la table, neuf heures sonnaient à une grande horloge de Boule, surmontée d'un Apollon. Le comte avait congédié ses valets, il réclama l'appui du bras de Rachel pour gravir les trois marches de l'estrade qui conduisait à son lit. En lui donnant le bras, Rachel ne put se défendre d'un frisson involontaire... Il lui sembla que la respiration de Castelneau était plus gênée, sa main crispée, glaciale. Arrivé à la dernière marche, le comte releva vivement la tenture du lit. Là, sans nul doute, une femme attendait, car il entra dans ce lit avec une promptitude extraordinaire...

Se penchant alors avec l'un des candelabres, Rachel poussa un cri de défaillance et tomba à la renverse... Le front sur lequel venaient de glisser les lèvres de Castelneau, était le front de Sarah!

. . . .

. . . .

Le chef-d'œuvre de Ruysch, encore intact, reposait dans cette alcôve. Sarah semblait dormir et prononcer un nom en s'endormant de ce pacifique et long sommeil... Habituellement paré et métamorphosé chaque semaine dans ses blancs atours, le corps de la jeune fille, insensible et froid, recevait chaque soir, à côté de lui, un autre cadavre, le comte George de Castelneau! Les gens de ce quartier étaient loin d'ignorer ces monstrueuses fiançailles. Cependant elles n'étaient pas autre chose qu'une dure et patiente pénitence. A l'exception de ce baiser morne donné chaque soir à ces lèvres qui ne le rendaient jamais, le comte n'eût pas une seule fois dérangé la cruelle symétrie de ces atours funéraires, le moindre ruban ou la moindre gaze *de sa femme*. Au contraire, il affectait de la traiter comme une jeune et belle sœur dont un frère surveille jusqu'à la pensée. Les fleurs que Sarah avait aimées pendant sa vie embaumaient le lit de leurs douces corolles; le pauvre *mimosa*, si cher à la morte, était renouvelé chaque matin sur la coupe en onyx qui reposait près du lit, comme si la jeune femme eût dû toucher cette fleur en s'éveillant. La Bible que Sarah lisait jadis avec tant d'anxiété et de distraction en attendant le chevalier à ses nocturnes rendez-vous sous la fenêtre, était ouverte sur le prie-dieu, comme aussi ses petits brodequins se trouvaient placés sous le lit même; on voyait à leur prodigieux rétrécissement que c'était bien ceux que portait Sarah lorsqu'elle était tombée dans le canal. La nuit, quand il reposait dans cette alcôve, le chevalier murmurait souvent des paroles inintelligibles; souvent il se levait et récitait son office près du lit comme un chartreux. Ce culte étrange et presque acharné envers la mort étonnait tout le monde; car le comte était encore jeune et riche; et il vint un jour dans l'idée à son plus proche parent, le comte de Blagny, de le guérir de cette folie pieuse, mais incurable. Voici ce que le comte de Blagny, jeune débauché de la cour, imagina. La fille de son piqueur était une créature magnifique; Blagny lui proposa une belle somme si elle consentait, seulement pour un quart d'heure, à se placer dans le lit de Castelneau, son parent. Cette fille accepta l'offre. L'épreuve semblait devoir réussir merveilleusement. Castelneau n'avait jamais vu cette fille qui, par la douceur soyeuse de ses cheveux bruns, la pâleur de son teint et la grâce de sa taille, ressemblait à Sarah comme une sœur à sa sœur. Le valet de chambre de Castelneau fut gagné; on plaça la fille dans le lit; mais quand le malheureux George en tira les rideaux, il eut une attaque subite de paralysie. Il avait reconnu fort bien la supercherie, et s'en plaignit amèrement dès qu'il revint à la santé.

Les pratiques de la vie religieuse occupaient une grande place dans ce suicide résolu. Le matin, dès six heures, Castelneau entendait la messe dans sa chambre; le chapelain dînait ensuite vers les trois heures avec lui. Il donnait beaucoup aux pauvres. Sa dernière passion, la seule qu'il eût conservée, c'était de s'arroser chaque jour les mains avec de l'eau de la reine de Hongrie, de revêtir son corps débile d'un grand frac mordoré, et de passer sa vie aux bougies dans une sorte d'illumination nocturne qui ne laissait à sa pensée que le supplice de la réflexion.

Quand Rachel lui eut présenté de nouveau son tableau de fleurs, il s'en fut le prendre et le porta lui-même pieusement à *sa femme*, montrant du doigt à ces yeux fixes et glacés dans leur orbite les œillets et les jacinthes de Rachel, si bien nuancés par son admirable pinceau. Quelquefois le comte restait deux grandes heures tenant les mains glacées de la morte dans ses deux mains, souriant avec tristesse et lui parlant, lui mettant des gants et des bracelets nouveaux, comme si la seconde d'après elle eût dû courir au bal. Cela faisait mal à considérer :

ce jeune homme si vieux, et cette morte encore jeune, ces silences plaintifs et ces regards éloquens, cela rendait sombre l'homme le plus insouciant de ce vieil hôtel, espèce de sépulcre anticipé, temple réel du remords.

Il y avait un orgue dans cette chambre mortuaire. Cet orgue était encore un caprice de George : ses doigts maigres et pâles en faisaient parfois gémir les tuyaux. Il y avait surtout une hymne de Santeuil qu'il ne manquait jamais d'exécuter ou de faire redire par les musiciens de la chapelle, qu'il envoyait quérir à prix d'or aux heures les plus indues. C'était le bel hymne *Victimæ pascali laudes,* hymne dont la mélodie liturgique est douce et suave, hymne que Santeuil fit pourtant au cabaret ! La musique finie, Castelneau s'en retournait au lit de Sarah comme pour lui demander si les chants lui avaient plu ; il lui baisait la main et se retirait.

On ne le voyait plus que de temps à autre à la cour. Ses anciens amis le raillaient, bien que le vent du jour fût plus à la dévotion qu'à autre chose. Il se gardait de les attirer chez lui, où il ne recevait que son directeur et ses parens les plus intimes. Les peintres qu'il avait mandés pour faire le portrait de Sarah étaient innombrables ; toutes ces miniatures arrangées en médaillons ornaient l'alcôve. Jamais la folie humaine n'avait pris tant de mal pour éterniser la vie dans la mort, comme si Dieu qui éteint le flambeau des âmes permît à des mains humaines de le rallumer. Ces fantaisies ardentes d'un amour qui n'aboutissait qu'à l'impuissance tuaient l'âme et le corps de Castelneau. C'était le prêtre désespéré qui cherche vainement son Dieu ravi par des bras profanes ; c'était la vie inhabile à faire sourire la mort !

Un soir que le vieux Fagon, médecin de Sa Majesté, revenait sur sa mule de visiter des malades au quartier du Temple, une femme égarée courut à lui et l'arrêta violemment par la bride même de sa monture.

— Je suis la fille de Ruysch, monsieur, dit-elle à Fagon ; venez sauver M. le comte George !

Fagon, se laissant guider par le nom de Ruysch et par Rachel, trouva George dans les bras de l'agonie.

— Sarah ! criait-il dans son délire, sauvez Sarah qui se noie !

George était en proie à l'une de ces crises violentes qui précèdent l'heure fatale ; un chapelain assis près de lui l'exhortait à bien mourir. Castelneau, pendant le discours du prêtre, regardait d'un œil béant un long coffre qu'il ordonna bientôt d'ouvrir... La stupeur de Rachel fut grande en reconnaissant dans cet étui la bière en bois de rose fabriquée pour Sarah par l'ouvrier de Gaspar Stok. Les yeux du comte ne quittaient pas cette bière...

Ce fut le docteur Fagon qui jeta le voile le premier sur la figure du mort... George de Castelneau venait de s'éteindre en demandant que le corps de Sarah fût réuni au sien ; sa main droite indiquait encore le coffre et la bière qui gisaient au pied de son lit.

Fagon intervint heureusement pour que cet ordre ne fût point exécuté. Cet ordre d'un mourant, exalté par son amour, deshéritait la science du plus beau chef-d'œuvre de Ruysch. Fagon, secondé par Gui de la Brosse, son oncle, fondateur et intendant du Jardin-des-Plantes de Paris, auquel il se confia pour l'exécution de son projet, obtint de Louis XIV la permission d'enrichir son cabinet de cette merveille.

Louis XIV voulut voir de ses propres yeux la comtesse Sarah de Castelneau. Ce fut un beau spectacle que celui de Louis XIV allant voir, un soir après ténèbres, qu'il avait entendues à Sainte-Élisabeth, le corps de cette morte dans sa chambre noire et parée. De toutes les beautés que possédait la cour de France, Sarah la morte eût peut-être encore été la plus belle. Le religieux Fagon la montrait parfois aux grandes dames et aux jeunes seigneurs de cette cour, comme les anciens peintres et les ciseleurs allemands, qui ne manquaient pas de graver la mort sur toutes leurs coupes de table. Nous avons dit que ce siècle si vif et si fastueux dans sa fièvre de plaisir en était revenu au cilice aigu de la pénitence; beaucoup de femmes avaient donc peur de la *morte* de Fagon. Madame de Brinvilliers, qui la vit un soir au clair de la lune, sous la cage de cristal où Fagon l'avait posée chez lui, fit seule bonne contenance devant elle. Rachel Ruysch, après avoir reçu le dernier soupir de Castelneau, avait repris le chemin de la Hollande avec Lebrun, qui allait lui-même visiter Vander Meulen. Dans ce Paris, pieux et ridé, ce Paris déjà vieux par la seule vieillesse de son roi, Rachel eut regretté bien vite son père et ses belles fleurs. Elle partit et retrouva en Hollande tout ce qu'elle y avait laissé : Ruysch et Reynier Graaf, la vieille Gudule et le chien de Terre-Neuve. La chambre de Sarah n'était plus ornée, cependant, de ce corps précieux. Ruysch mourut très vieux, et il mourut triste. Sur le déclin de cette vie laborieuse, l'envie trouvait encore moyen de le tourmenter; ses infirmités redoublèrent, et à quatre-vingt-dix ans, le pauvre docteur se cassa la cuisse en allant à l'amphithéâtre. Depuis ce jour, une députation d'élèves se rendait chaque matin à sa maison et le portait à bras à l'école même.

Ce fut Gaspard Stok qui fit la bière destinée au professeur. Le menuisier y mit un très grand soin : elle lui avait d'ailleurs été commandée par MM. des états-généraux. Ruyter était mort des suites de ses blessures à Syracuse, après la bataille d'Agousta, où Duquesne avait remporté l'avantage. Stok eut aussi l'honneur de faire son dernier étui, où il grava des armes incrustées d'or. L'amirauté rendit à Ruyter de grands honneurs. Seulement, au lieu de tous les portraits de ce grand amiral, par Ferdinand Bol et par Rembrandt Van-Ryn lui-même, la Hollande eût mieux aimé retrouver Ruyter conservé par l'art miraculeux de Ruysch. Cette grande figure d'amiral eût présidé du moins avec honneur ce sénat de morts vulgaires que Ruysch vendit, quelques ans plus tard, à Pierre-le-Grand !

NOTES.

Les difficultés apportées à l'étude de l'anatomie, dans tous les temps et chez tous les peuples, les mauvais vouloirs qu'eut à subir en France cette branche importante de l'art médical, jusque sous le règne de Louis XIV lui-même, nous engagent à donner ici l'histoire abrégée de ces combats scientifiques et de ces luttes de l'anatomie. Si Vésale fut accusé, dans son temps, d'avoir porté la main sur le cœur encore palpitant d'un gentilhomme, son ennemi déclaré; si, pour ce crime, Vésale fut condamné et banni, on verra que, sous les siècles antérieurs ou pendant ceux qui suivirent, le *crime* d'anatomie entraîna souvent des pénalités non moins grandes et non moins injustes.

Les dissections des corps humains n'étaient pas permises sous les Grecs. Les Grecs avaient sur ce point les mêmes scrupules que les Orientaux. « Si quelqu'un, dit Euripide, souille ses mains par un meurtre, touche un cadavre ou une femme accouchée, le dieu lui interdit ses autels comme à un impie. » Il faut observer à ce sujet que la Grèce, qui a placé, avec raison, parmi ses premiers anatomistes Homère, Pythagore, Démocrite, Empédocle, etc., qui ont fait de vraies découvertes, ne comptait pas pour cela des médecins, mais bien plutôt des philosophes dans les lycées; ces instituteurs enseignaient la physiologie et la médecine comme une science et un art nécessaires à tous les hommes. Galien dit bien que les pères enseignaient la médecine à leurs enfans, qu'ils les exerçaient, dès l'âge le plus tendre, à disséquer des animaux, leur transmettant ainsi l'anatomie par une tradition manuelle sans livres, traditions que leurs enfans ne pouvaient pas plus oublier que les lettres de l'alphabet. Il ajoute qu'ils fortifiaient leurs connaissances et les étendaient par le traitement des maladies extérieures sur les vivans, de manière que l'anatomie se perpétua chez eux par deux moyens, la tradition et l'observation chirurgicale ; mais Galien et son école ont été contredits, dans tous les temps, sur ce point. La médecine des *Asclépiades* que défend Galien était absolument empirique ou expérimentale. Ces fameux médecins avaient moins besoin de l'anatomie que les gymnastes. C'est donc à Hippocrate qu'il faut remonter pour trouver, chez les anciens, vestige de médecine anatomique. L'anatomie d'Hippocrate, telle qu'on la trouve dans ses ouvrages et dans ceux qu'on lui attribue, n'est pourtant qu'une ébauche bien informe encore. La description des os ou l'ostéologie, qu'il avait apprise dans les gymnases, en est la partie la plus exacte et la plus régulière. Si nous n'y voyons pas que ce grand homme y ait cultivé l'anatomie autrement que par l'analogie naturelle, toujours est-il que c'est le premier des auteurs, parmi ceux qui aient écrit, qui l'aient traitée comme une science particulière. Pausanias assure que Hippocrate fit fondre *un squelette d'airain* qu'il consacra à Apollon de Delphes. « Par ce monument, ajoute-t-il, il facilita l'étude de l'ostéologie et de l'anatomie dont elle est la base, pour les médecins et les gymnastes, dans un temps de préjugés où les usages et les lois formaient encore de si grands obstacles à l'étude de cette première science. »

Le siècle d'Alexandre, siéle des grands progrès dans les arts, fut cause, sans nul doute, d'une révolution mémorable dans les connaissances naturelles : révolution due à Aristote et à Alexandre et à laquelle l'élève eut à coup sûr autant de part que le maître. Les chefs-d'œuvre de la sculpture grecque, la représentation musculaire de ces athlètes qui combattaient nus, celle des vainqueurs auxquels on érigeait des statues dans les lieux publics, ne laissent aucun doute sur les progrès que dut faire dans ce siècle l'étude de l'anatomie. La statuaire devenait alors un moyen d'étudier la mécanique intérieure du corps humain ; cependant nous ne voyons pas qu'il fût encore permis de disséquer les cadavres. Alexandre, qui ne délibérait pas long-temps quand il s'agissait d'immoler des milliers d'hommes, ne semble pas avoir pris à tâche de vaincre le préjugé qui s'opposait à l'étude de l'anatomie. L'anatomie *comparée* existait donc seule, le traité de la génération des animaux et les dissections d'insectes, d'oiseaux et de quadrupèdes consignés dans l'histoire d'Aristote prouve que la science se bornait là : c'était la science de l'économie animale.

C'est aux rois d'Égypte, suivant Pline, qu'il faut attribuer les premiers *ordres* donnés pour disséquer les cadavres humains (1). Hérophile de Chalcédoine en profita bien vite sous ce siècle des Ptolomées ; Tertullien l'accuse d'avoir disséqué non seulement des cadavres de gens suppliciés, mais encore des hommes vivans. « Hérophile, ce médecin ou ce boucher, dit-il, qui a disséqué un nombre infini d'hommes pour sonder la nature ; qui a haï l'homme, pour le connaître n'en a peut-être pas mieux pénétré pour cela l'intérieur. » On n'a rien des ouvrages de cet Hérophile ; et peut-être cette assertion des historiens à son sujet n'est-elle autre que

(1) *Hist. nat.*, lib. XIII.

celle de la fable, qui accuse Médée d'avoir fait bouillir des hommes vivans, parce que, la première, elle fit usage des bains chauds (1).

Le désordre des guerres civiles, sous Marius et Sylla, fit rendre à Rome une loi par laquelle il était défendu de faire aucun usage des corps morts. Nous croyons Sylla un grand politique, mais nous ne voyons guère pourquoi il fit cette loi : l'usage où les Romains étaient de brûler leurs morts, privant les médecins et les philosophes des moyens de disséquer. Après Celse et Galien, qui rendirent de vrais services à cette science, l'anatomie retombe dans une vraie décadence jusqu'au renouvellement des lettres. Admises avec une sorte de respect servile, les erreurs de Galien nuisent aux arts et aux progrès de la science, parce qu'on les admet comme bases d'autorité. Il semble, à voir cette éclipse que souffre l'anatomie dès le cinquième siècle, que la religion de Rome soit devenue celle de l'Alcoran, qui proscrivit l'anatomie et défendit l'*attouchement des cadavres*. Le droit romain s'arme, de bonne heure, des peines les plus rigoureuses contre ceux qui *violent les sépulcres*. Cassiodore ne manque pas de nous dire qu'il y a des gens chargés d'arrêter les curieux et les indifférens eux-mêmes errant autour des tombes sans être parens du mort. L'importance que le droit canon affecte aux sépultures ecclésiastiques consolide bientôt le respect des sépultures. La loi salique elle-même ne tarde pas à interdire formellement le commerce des hommes à celui qui aurait *exhumé* un cadavre, jusqu'à ce que les parens du mort aient reçu de lui satisfaction. Les ténèbres qui couvrirent les dixième et onzième siècles ne sont guère propices à l'anatomie. Les ecclésiastiques, seuls dépositaires des lettres, trouvent dans leurs réglemens une proscription trop formelle contre l'exhumation et la dissection pour oser s'en occuper. Après Gonthier et Sylvius, l'anatomie est cultivée par plusieurs médecins de Paris, qui jettent sur leur corps un reflet des belles gloires acquises aux universités d'Italie. Déjà l'on projette de construire des amphithéâtres pour les démonstrations chirurgicales; déjà Charles IX entre lui-même dans ces doctes vues; mais la turbulence de ce règne pouvait-elle se flatter de bâtir autrement que sur le sable?

Ce n'est donc qu'en 1698 que la réforme dans l'enseignement amène des priviléges plus étendus. L'enseignement de l'anatomie entre dans les statuts; cela est vrai, il est prescrit par l'article 56 (2); mais les statuts eux-mêmes ne sont-ils pas la meilleure déclaration de l'impuissance de l'école jusqu'à ce jour et de son règne prohibitif? La sédition scolastique arrivée à propos de Riolan le prouve assez.

Riolan, proclamé docteur le 1er juillet 1604, avait commencé à faire connaître son goût et ses progrès anatomiques en remplissant avec distinction, pendant sa licence, les fonctions d'archidiacre ou de démonstrateur d'anatomie. En 1608, il fit imprimer un *Traité d'Anatomie* qu'il dédia au roi Louis XIII, afin que les étudians eussent le livre en main pendant qu'ils auraient le sujet sous les yeux. En 1610, il fit réimprimer ce Traité, avec celui de Jean Riolan, son père, qui avait égalé les anatomistes ses devanciers. Ce qui fait beaucoup d'honneur à ces deux savans,

(1) *Encyclop. gén. des Sciences.*

(2) V. l'article 57, *Ord. de l'École de Chirurgie :* « Tous les ans, les lecteurs ordinaires de l'École feront au moins deux anatomies, etc. »

c'est qu'ils traitèrent l'anatomie autant en philosophes qu'en médecins ; leurs aperçus intéressans remplissent constamment ce double but.

Riolan, le fils, commença, en 1614, des cours particuliers d'anatomie, dans lesquels il exerçait les étudians à la dissection et à la démonstration. Brûlant d'un zèle commun avec son ami Charles, tous deux voulurent contraindre la Faculté de médecine à élever un amphithéâtre avec les fonds que le roi Charles IX avait affectés sur les licences pour l'utilité publique. La Faculté entreprit cette bâtisse à ses dépens, en 1617 ; et depuis ce temps les démonstrations publiques, plus communes, ont favorisé l'étude et les progrès de l'anatomie, de la chirurgie et de la pharmacie, qui y ont été démontrées annuellement.

En 1622, Riolan fit un cours public d'anatomie, sur la nomination de la Faculté, dans son nouvel amphithéâtre. Mais la première leçon fut troublée par la jalousie de quelques chirurgiens, animés par l'aigreur avec laquelle ce professeur parlait des chirurgiens de son temps, surtout contre ceux qui, par leur mérite, voulaient participer à sa gloire. Une troupe de gens armés vint fondre sur l'amphithéâtre : on frappa et on blessa les assistans ; on enleva le cadavre et on le traîna par les rues. Le Parlement punit les auteurs de cette émeute scolastique et procura au célèbre professeur les moyens de continuer ses triomphes par ses cours d'anatomie et de physiologie.

Le Jardin-des-Plantes, établi à Paris par Louis XIII (1626) sur le plan et par les sollicitations de Gui de la Brosse, l'un de ses médecins ordinaires, ne fut d'abord consacré qu'à la culture et à l'enseignement des plantes ; ce fut Bouvard, premier médecin du roi, qui chargea trois docteurs d'y donner des leçons, et seulement en 1640. Fagon, qui avait épousé la nièce de La Brosse, travailla si bien à son tour, que l'anatomie y fut comprise avec la chirurgie même. On y éleva un vaste amphithéâtre, et l'anatomie commença à y être enseignée sur le plan de la Faculté de médecine de Paris, vers 1672, par Cressé, docteur, régent de cette Faculté en qualité de régent professeur royal, et par le célèbre Dionis, en qualité de démonstrateur royal. Si l'on mesure le mérite d'une école par celui de ses professeurs, il n'y a point eu en France d'École d'anatomie plus fameuse que celle du jardin royal. Il suffit de nommer les Duverney, les Ferrein, les Petit, les Winstow et autres qui ont enseigné sans interruption depuis 1679 ; mais, ajoute l'*Encyclopédie*, si l'on mesure ce mérite d'après l'enseignement même, il n'y a guère eu d'école plus mesquine. M. de Buffon a tant fait qu'il a dégoûté de son professorat l'illustre A. Petit, et qu'il a su éloigner Vicq-d'Azir.

C'est en ces termes que l'*Encyclopédie* juge l'École d'anatomie du Jardin-des-Plantes.

En ce temps-là même, temps éclairé et voisin du nôtre, l'anatomie trouvait dans le propre sein de l'École des obstacles singuliers. L'histoire des chirurgiens dans l'histoire de l'anatomie elle-même forme à coup sûr une page des plus curieuses. D'interminables controverses séparèrent, on le sait, bien des fois ces deux professions. Les chirurgiens de *robe-longue* ou lettrés en vinrent aux mains avec les suppôts d'Esculape, les professeurs et juges, selon eux, de la médecine (1). Ces contestations entre les

(1) Le théâtre de la Foire se moque ingénieusement de cette querelle des chirurgiens. Dans une pièce : l'*Obstacle favorable*, pièce jouée à la foire

chirurgiens et les médecins furent terminées par arrêt du conseil, en 1749 et 1750. Le collége de chirurgie de Paris reçut bientôt de nouveaux statuts, ces ordonnances furent sa charte jusqu'à la révolution de 89.

Ce qu'il y a d'inoui, nous le répétons, c'est qu'en 1633 l'anatomie en fut aux proscriptions et aux défenses émanées du Parlement dans une capitale telle que Paris. La querelle des chirurgiens et des barbiers-chirurgiens fut encore plus forte que les querelles précédentes, elle amena des contraventions et des procédures incroyables, les rapports au doyen de la Faculté font mention des violences qui troublaient alors la sécurité des rues de Paris à l'occasion de ces différends. L'art de l'anatomie en était encore à la police et aux vexations journalières, les corporations se le disputaient par lambeaux comme les chiens de Jésabel. Ceux qui ignorent les pouvoirs qu'avait le premier barbier du roi avant Louis XIV ne comprendront jamais qu'il ait pu devenir le Mas'Aniel d'une révolte; cependant il servit de prétexte et de drapeau à toutes les révoltes merveilleuses des barbiers contre les chirurgiens. Le premier barbier du roi, dit Sauval, *fut le chief de tous les barbiers du royaume*, il avait des lieutenans et faisait exercer sa juridiction où bon lui semblait. De là il y eut deux classes, celle des barbiers-chirurgiens et celle des barbiers-perruquiers. Le premier barbier du roi fut spécialement constitué le chef des barbiers-chirurgiens de Paris par lettres-patentes de 1371 et règnes suivans, mais il n'eut jamais d'autorité sur les chirurgiens de robe-longue. Le contrat de 1655, qui unit les deux communautés en une, lui donna pour chef le premier barbier du roi, mais Félix, premier chirurgien de Louis XIV, ayant acheté en 1668 la charge du *premier barbier*, il en fit revenir les droits à la sienne. Le premier chirurgien du roi devint ainsi le chef de la chirurgie et de la barberie du royaume.

Cette grande puissance, qui date pour les barbiers comme splendeur

Saint-Laurent, puis ensuite au théâtre du Palais-Royal, M. Trousse-Galant, médecin, reçoit une volée horrible de coups de bâton. On veut appeler un chirurgien pour le soigner, mais il s'y oppose de toute sa force.

DORANTE.

Le mal presse.

VALÈRE.

Il vous faut, monsieur, pour cette blessure un chirurgien.

M. TROUSSE-GALANT, *en colère.*

Un chirurgien !... Ah ! bourreau, que dis-tu ?

BLAISE.

Hé, là, là, ne vous fâchez point tant. Quand vous en envarriez charcher, ils ne viandriont pas.

AIR : *La Ceinture.*

Sont-ils pas enragés trétous,
De voir que dans leurs écritures,
Vous les bouttez trop au dessous
De vos doctorales figures ?

M. TROUSSE-GALANT.

Suis-je malheureux !

BLAISE.

Dame! vous êtes, monsieur, la bête noire de la cirugie. Vous ne trouveriez pas tant seulement un frater qui voulît pour or ou argent vous couper un poil de la barbe. Ah! ah! vous sentez maintenant le besoin que vous avez des chirurgiens.

(Scène XVII.)

originelle du règne d'Olivier-le-Daim, barbier favori de Louis XI, ralluma le zèle des barbiers sous Louis XVI. Suivant ses statuts, la Faculté ne permettait aux chirurgiens d'avoir des cadavres que quand les médecins et les barbiers en étaient fournis. Les barbiers s'arrangèrent donc pour faire encore plus leur cour à l'École de médecine qui les confirma dans les fonctions de *dissecteurs* aux démonstrations publiques dans l'amphithéâtre de la Faculté.

Ces fluctuations d'autorité qui favorisaient les barbiers ne rendaient pas pour cela l'étude de l'anatomie plus sûre. C'était, au contraire, restreindre les progrès de la science que de la parquer ainsi en quelque sorte par castes et priviléges. Le 5 novembre 1632, un huissier, procédant à l'exécution des arrêts de la Faculté de médecine contre l'enlèvement des corps, Jean de La Noue, l'un des chirurgiens du Châtelet, se révolta, l'huissier dressa procès-verbal des rébellions de La Noue. Là-dessus enquête, emprisonnement et confrontation de La Noue avec les témoins de cette scène. Après l'information, La Noue fut admonesté et condamné aux dépens ; mais de plus la cour fit défense aux aspirans à la maîtrise de chirurgie de s'assembler ni de faire assembler des gens aux heures et places où seraient lesdites exécutions ni ailleurs, pour l'enlèvement desdits corps, à *peine d'être pendus et étranglés* sans aucune autre figure de procès (1).

La rigueur incroyable de ces réglemens ne détruisit pas plus l'émulation de la science que les fastidieuses procédures des chirurgiens et des barbiers n'avaient refroidi le zèle des deux partis. L'extravagance de cette jurisprudence dura cependant. « Le 12 février 1672 les chirurgiens de Saint-Côme ayant enlevé un corps qui leur avait été remis par *l'exécuteur de la haute justice*, ils le portèrent dans leur maison sans le consentement du doyen de la Faculté. Dès le lendemain, un huissier du Parlement s'en fut le réclamer à sa requête. Mauriceau, déjà célèbre par ses Traités sur les Accouchemens et qui était alors prévost des chirurgiens, ayant refusé obstinément d'ouvrir les portes de Saint-Côme, l'huissier en fit faire l'ouverture par un serrurier et ne trouva pas de cadavre. Quelques jours après, Puylan, doyen de la Faculté, envoya de nouveau un huissier et six archers. Le 24 du même mois, l'huissier entra seul à Saint-Côme, il trouva dans la première grande salle Mauriceau et deux autres maîtres, en *robe et en bonnet*, un aspirant qui faisait un discours sur un cadavre et plusieurs jeunes hommes assistans. Sur le refus qu'on lui fit de livrer le cadavre, l'huissier voulut faire entrer ses assistans ; les chirurgiens les repoussèrent. Il y eut tapage, mais enfin il fallut céder à *soixante-dix archers* qui vinrent au secours des premiers. Le cadavre fut enlevé, porté aux *Ecoles de médecine* et l'huissier protesta contre l'aspirant et les maîtres chirurgiens de nullité de leurs requêtes au terme de l'arrêt de la cour (1). »

Voici donc la Faculté usant à son tour de tous ses moyens pour récupérer sa gloire, bientôt son acharnement contre les chirurgiens se change en une vraie persécution contre les anatomistes. Ruysch, dans notre histoire, reçoit à ce même titre le choc d'une émeute populaire, ici c'est la Faculté même qui ameute le peuple contre ses novateurs instruits.

En 1683, elle accusa en effet les sieurs de Blégny, chirurgien de mon-

(1) 11 décembre 1741. Arrêt de la cour.

seigneur le duc d'Orléans, Desnoues, Remy de La Barre, Lieutaud et Roberdeau du crime formel d'*enlèvement de cadavres*. Le procureur se réunit à la Faculté et, le 13 avril, le lieutenant de police rendit une sentence par laquelle le sieur de Blégny fut atteint et convaincu d'avoir acheté du fils du fossoyeur de Saint-Sulpice plusieurs corps exhumés et Desnoues d'avoir eu part à ces rapts. « Pour réparation de quoi Blégny, dit l'arrêt, sera condamné à être banni du royaume *à perpétuité*, ses biens acquis et confisqués au profit du roi, et sur iceulx biens préalablement pris 1,000 livres pour être employées en aumônes en l'église Saint-Sulpice. » Quant au complice Desnoues, il fut condamné à être battu et fustigé nu de verges aux carrefours et lieux accoutumés de la ville; et, ce fait, banni pour cinq ans de la vicomté de Paris et corvéable pour 30 livres d'amende.

Blégny et Desnoues appelèrent de cette sentence atroce et se constituèrent eux-mêmes prisonniers en la Conciergerie du Palais. Le Parlement fut moins barbare que la Faculté de médecine. Par son arrêt du 12 juillet suivant, la cour se contenta de les admonester et de les condamner à *aumôner au pain des prisonniers*, savoir Blégny la somme de 50 livres, et Desnoues celle de 30 livres; de les condamner solidairement aux dépens et de leur défendre de plus de contrevenir aux arrêts et réglemens de la cour concernant la Faculté de médecine, dont elle ordonna l'exécution.

La fureur de la Faculté contre les anatomistes influa jusque sur ceux qui firent ensuite sa gloire et celle de l'Académie des sciences. Le célèbre Littre en est un exemple fameux. Etant venu de Montpellier à Paris, avec le plus ardent désir de se perfectionner dans l'anatomie par la dissection, il y fut arrêté par les obstacles que la Faculté opposait à ceux qui n'étaient point de son corps, comme s'il eût fallu être docteur et lecteur d'anatomie avant de devenir anatomiste. Il trouva d'abord l'occasion de satisfaire son goût en s'enfermant à la Salpêtrière, avec un des chirurgiens de cet hôpital, pendant l'hiver de 1685, qui fut très long et très froid. Ils disséquèrent ensemble plus de deux cents cadavres, et pendant ces exercices, Littre commença à se faire une réputation, en formant des élèves pendant qu'il s'instruisait, mais il enseignait sans titre. L'envie cria; on le dépeignit et on le cita comme charlatan. Il crut qu'il pourrait être autant en sûreté au Temple que les banqueroutiers; il s'y établit avec la permission du grand prieur de Vendôme; mais il ne prit pas l'attache nécessaire d'un officier subalterne. On vint lui enlever, avec une pompe insultante, un cadavre qu'il y tenait caché comme un trésor. On triompha, dit son panégyriste Fontenelle, d'avoir arrêté les progrès d'un jeune homme qui n'avait pas le droit de devenir si habile. L'envie fit plus. Le lieutenant de police de La Reynie, qui la servit, crut faire un second affront à Littre par une sentence qui lui enleva encore un objet de son instruction. Il se trouva souvent réduit à se rabattre sur les animaux, et principalement sur les chiens. Sa réputation crût et ses écoliers se multiplièrent, malgré les réglemens de la Faculté et les poursuites de M. de La Reynie. Enfin il obtint le privilége d'être anatomiste, en recevant, le 23 janvier 1691, le bonnet de docteur, qui devait être le prix de l'habileté et de la science anatomique; et en 1699 il entra à l'Académie à ce titre d'anatomiste, qui avait été pour lui une source de malheurs.

La police établie à Paris pour les dissections continuait d'éloigner les chirurgiens de l'étude et de la culture de l'anatomie, lorsque Mareschal, premier chirurgien de Louis XIV et de Louis XV, établit à Saint-Côme cet enseignement nécessaire d'une manière durable. Sur ses représentations, le roi y fonda cinq places de démonstrateurs par une déclaration de septembre 1724 pour y démontrer publiquement toutes les parties de la chirurgie dans l'amphithéâtre.

Depuis ce temps, l'anatomie éprouva moins d'entraves ; et l'on peut voir dans l'excellente histoire du baron Portal quel fut son élan et son progrès. Les pays voisins de la France furent encore long-temps dans les ténèbres de la barbarie. En Espagne, l'anatomie est à peine tolérée : à Londres, on connaît la secte des Résurrectionistes sur laquelle notre ami Hippolyte Monpou a composé l'une de ses plus singulières cantates. A Paris, la science à laquelle on doit Bichat est devenue heureusement le pain de tous, chacun peut suivre des cours aussi nécessaires aux praticiens, qu'intéressans pour l'homme du monde. Le musée Dupuytren, nouvellement créé, complète dignement ces travaux.

Quant à la science de l'*embaumement*, elle nous semble n'avoir pas dégénéré depuis Ruysch, puisque les rapports de l'Académie de médecine ont souvent mentionné les heureux effets de M. Ganal, et qu'une société nouvelle, la *Société des embaumemens*, s'applique à les rendre, pour ainsi dire, familiers et populaires.

Le cabinet de Ruysch, je dois le rappeler ici à mes lecteurs, a fourni à Thomas des alexandrins plus beaux que vrais. A l'époque où Thomas écrivait, il était d'usage d'admirer Pierre-le-Grand dans toute chose ; on l'admira donc écoutant Ruysch et visitant son cabinet dans les vers de Thomas (1). Il est inutile d'ajouter que Thomas n'avait pas vu ce cabinet, d'après sa description en vers alexandrins. Plus heureux que lui, nous avons trouvé à La Haye un dessin exact de ses moindres parties, et quelques vestiges précieux des cages mêmes de Ruysch ; les pièces anatomiques de Leyde ont complété pour nous cet ensemble précieux de notes.

La maison de Ruysch et celle de Tulp sont encore présentes à la mémoire des habitans d'Amsterdam. Celle de Ruysch a été dépeinte par nous sur les lieux même ; au fronton de l'autre (celle de Tulp) il y a une *tulipe* de pierre d'où le professeur *Tulp* prit son nom.

Dans un épisode tel que celui-ci, si nous nous sommes éloignés de quelques documens biographiques relatifs à Rachel Ruysch, c'est que la vulgarité des faits rapportés par Decamps et Houbraken, et que nous avons lus comme tout le monde, contrariait le type d'individualité que nous avons cherché à conserver dans ce drame à chaque physionomie. Ainsi, dans Ruysch on pourrait suivre la science patiente et laborieuse, l'anatomie elle-même avançant timidement et pas à pas ; dans Ruyter, l'impétuosité de la force hollandaise sur mer et la personnification du lion de Hollande qui tint contre les efforts de Louis XIV ; dans Rachel Ruysch, ce serait la mélancolie paisible et le génie des fleurs inné chez les filles de Hollande. Sarah et Castelneau sont le lien de ces divers types dont ils

(1) Voir la *Pétréide*.

mouvementent l'action, comme l'eau d'un canal agite encore le balancement prolongé des arbres. Castelneau vit dans ce drame la vie de tous les seigneurs débauchés d'alors, vie souvent si dissipée et si violente qu'elle brise toutes les conventions morales du siècle de Louis XIV, témoin cette lettre où madame de Sévigné raconte qu'un jeune homme entrant au bal fut assassiné par deux gens en masque. Elle se résume par l'expiation, comme tous les grands vices d'alors. Sarah, pauvre enfant, n'aura agité ses ailes d'ange au dessus de toutes ces têtes que pour tomber comme Icare, n'ayant calculé ni ses forces, ni son amour.

ROGER DE BEAUVOIR.

FIN.

TABLE DES MATIÈRES.

RUYSCH.

LA HOLLANDE.

RUYSCH.

www.ingramcontent.com/pod-product-compliance
Ingram Content Group UK Ltd.
Pitfield, Milton Keynes, MK11 3LW, UK
UKHW021116260726
13994UKWH00002B/908

9 782329 455747